Rob

I Dafydd, Elis ac Iddon

Rob

MARED LEWIS

y Olfa

Diolch i Helen Prosser am ei hawgrymiadau,
ac i Meinir yn y Lolfa am ei gwaith gofalus, fel arfer.

Diolch hefyd i Morfudd Hughes am ei chymorth gyda'r
termau ioga, ac i Bethan Gwanas am ei sylwadau.

Argraffiad cyntaf: 2021
© Hawlfraint Mared Lewis a'r Lolfa Cyf., 2021

Mae hawlfraint ar gynnwys y llyfr hwn ac mae'n anghyfreithlon
llungopïo neu atgynhyrchu unrhyw ran ohono trwy unrhyw ddull
ac at unrhyw bwrpas (ar wahân i adolygu) heb gytundeb
ysgrifenedig y cyhoeddwyr ymlaen llaw

Cynllun y clawr: Sion Ilar

Rhif Llyfr Rhyngwladol: 978 1 78461 867 4

Dymuna'r cyhoeddwyr gydnabod cymorth ariannol
Cyngor Llyfrau Cymru

Cyhoeddwyd ac argraffwyd yng Nghymru
ar bapur o goedwigoedd cynaliadwy gan
Y Lolfa Cyf., Talybont, Ceredigion SY24 5HE
e-bost ylolfa@ylolfa.com
gwefan www.ylolfa.com
ffôn 01970 832 304
ffacs 01970 832 782

1

Pan mae mwg du yn dod allan o injan car, dydy o byth yn newyddion da. A dydy o'n bendant ddim yn newyddion da yng nghanol **nunlle** yn y tywyllwch.

'Rob.' Daeth llais bach o sedd gefn y car.

Wnes i ddim ateb.

'Rob, pam mae'r car wedi stopio?'

'**Dw i'm** yn siŵr. A phaid â galw fi'n Rob.'

Dydy Moc erioed wedi fy ngalw i'n 'Dad', dim ond yn 'Rob'. Roedd o'n eitha ciwt ar y dechrau ac roedd Siwsi a fi'n chwerthin bob tro. Ella mai hynny oedd y drwg ar y pryd. Ddylen ni ddim fod wedi chwerthin. A rŵan roedd yr enw wedi glynu, ond roedd y chwerthin wedi stopio. Doedd Siwsi a finnau ddim wedi chwerthin efo'n gilydd ers i ni wahanu.

'Pam, Rob? Pam mae o wedi stopio?'

A Ffion? Wel, ro'n i'n lwcus os oedd Ffion yn edrych arna i o gwbl dyddiau yma, heb sôn am fy ngalw i'n 'Dad' neu unrhyw beth!

Ar y gair, dyma Ffion yn deffro o'i byd dan ei **chyrn clustiau** ar ôl gweld bod y car ddim yn symud.

'Pathetig.'

'Diolch, Ffi, croeso'n ôl!' medda fi, yn y llais 'tydw i'n dad cŵl a tydy pob dim yn grêt'. Ro'n i wedi dechrau casáu'r llais yna! Roedd o'n gwneud i mi swnio fel athro oedd isio bod yn ffrind i'w ddisgyblion. Athro oedd yn gwisgo jîns…

---

nunlle – *nowhere*　　　　**dw i'm (dw i ddim)** – *I'm not*

cyrn clustiau – *headphones*

'Wel?'

'Ma'r car wedi torri lawr, Ffi,' medda fi, a difaru dweud rhywbeth mor amlwg.

'Dw i'n gweld hynna, tydw! Pwynt ydy, beth wyt ti'n mynd i wneud am y peth?' meddai Ffion wedyn. 'Fedrwn ni ddim jyst…'

Yna gwnaeth sŵn tebyg iawn i ddafad mewn poen!

'Fflipin 'ec! 'Dan ni yng nghanol…'

'Nunlle. Ti'n iawn.'

'Dymp!'

Roedd Ffion wedi darllen y llawlyfr ar sut i fod yn ferch ifanc stropi yn fanwl iawn, chwarae teg iddi.

'Dylen ni fod wedi dŵad ar y trên!' meddai. '**Ddudais i, do!**'

'A be fasen ni wedi neud efo'r holl stwff sy gynnon ni yn y cefn, Ffion? Ei osod o ar y to?'

Rhoddodd Ffion ei chyrn clustiau yn ôl ar ei phen yn flin ac edrych drwy'r ffenest eto, er bod dim byd i weld!

'Trên!' meddai Moc. ''Dan ni'n cael mynd ar y trên rŵan?'

*

Erbyn i'r gwasanaeth achub ceir gael hyd i ni o'r sgwrs ffôn, a finnau ddim yn hollol siŵr sut i ddweud lle roedden ni beth bynnag, roedd hi tua un ar ddeg o'r gloch y nos. Roedd hi'n awr arall cyn i ni fedru cario ymlaen efo'n taith.

Cyn cychwyn y car, edrychais yn ôl ar Moc a Ffion, er mwyn dweud rhywbeth hapus a phositif wrthyn nhw, ond roedd y ddau yn cysgu'n drwm, a phen Moc ar ysgwydd Ffion.

Ddudais i (Dwedais i / Mi wnes i ddweud) – *I said*

Teimlais yn gynnes ac yn obeithiol wrth edrych arnyn nhw. Mi fydd hyn yn iawn, Rob Phillips, meddyliais. Mi fydd hyn i gyd yn iawn.

2

Ella dylwn i gyflwyno fy hun. Mae'n siŵr eich bod wedi dallt erbyn hyn mai Rob Phillips ydy fy enw i, a dw i'n dad i Ffion a Moc. Dw i'n chwe troedfedd, efo barf dw i'n ceisio ei rheoli a sbectol dw i'n gorfod ei gwisgo ers o'n i'n ddeg oed.

Be dach chi ddim yn gwybod ydy pam o'n i yma. Pam o'n i'n gyrru gyda'r nos mewn hen gronc o gar yn llawn plant a stwff, yn dedi bêrs ac eliffantod (mae gan Moc obsesiwn efo eliffantod) a sgidiau sodlau rhy uchel (nid rhai fi!) a llyfrau a...

Roedden ni'n symud tŷ. Yn mynd i ddechrau bywyd newydd. Yn mynd i roi digon o bellter rhyngddon ni a Siwsi (eu mam) a'r **llinyn trôns** yna mae hi'n ei alw'n gariad iddi. Vince. Mae hyd yn oed dweud ei enw yn gwneud i mi feddwl am falwen, neu am ryw **fadfall** slei, seimllyd!

Ta waeth. Dw i'n gweithio fel **dylunydd graffeg**, ac yn gweithio **ar fy liwt fy hun**, sy'n gyfleus iawn i fynd â'r plant i'r ysgol ac ati. Yn enwedig rŵan, a finna'n 'Dad Sengl' swyddogol.

Dw i ddim isio deud bod rhywbeth arall cyfleus wedi digwydd, ond mae'n wir. Roedd gen i feddwl y byd o Anti Harriet. Roedd y ddau ohonon ni yn rhannu'r un hiwmor, ac yn gweld y byd yn yr un ffordd. Mi fasai Anti Harriet wedi chwerthin dros y stafell tasai hi'n fy nghlywed i'n deud ei bod hi'n 'gyfleus' ei bod hi wedi 'mynd' pan wnaeth hi, a gadael ei thŷ i mi, ar yr union

---

| **llinyn trôns** – *wimp* | **madfall** – *lizard* |
| **dylunydd graffeg** – *graphic designer* | **ar fy liwt fy hun** – *freelance* |

amser pan o'n i angen tŷ a symud i ardal newydd. Roedd Anti Harriet yn ymarferol **o'i chorun i'w sawdl**!

Wedi dweud hynny, do'n i ddim yn edrych ymlaen at droi'r **goriad** yn y drws, a cherdded i mewn i'r lle, a hithau ddim yno...

O, a'r hen gronc o gar? Gofynnwch i Siwsi. Os fedrwch chi ddal i fyny efo hi yn y Merc newydd sbôn mae Vince y Falwen wedi prynu iddi.

Ond do'n i ddim yn chwerw! Na, wir, do'n i ddim! Dw i'n foi mor bositif a dw i'n mynd ar fy nerfau fy hun weithiau! Ac ro'n i'n benderfynol o wneud i hyn weithio. I bawb ohonan ni. Roedd o'n mynd i fod yn ddechrau newydd.

★

Ro'n i'n falch o gyrraedd, yn enwedig â'r car yn tagu fel tasa fo'n ysmygu pedwar deg sigarét y dydd.

Pan stopion ni tu allan i'r tŷ, mi eisteddais i heb symud am funud ac edrych i fyny ar y lle. Er mai dim ond ers ychydig o fisoedd roedd Anti Harriet wedi marw, roedd hi wedi bod mewn ysbyty am ryw ddau fis cyn hynny, a doedd neb wedi bod yn edrych ar ôl y tŷ. Roedd yr eiddew wedi dechrau tyfu'n flêr o gwmpas y drws ffrynt, ac roedd y llwybr oedd yn **arwain at** y tŷ yn llawn chwyn. Ydy tŷ yn medru edrych yn drist, dach chi'n meddwl? Wel, roedd y tŷ yma yn medru!

"Dan ni yma?" meddai llais cysglyd Ffion o'r cefn, yn swnio'n llawer iau na phymtheg oed.

---

o'i chorun i'w sawdl – *from head to toe*

goriad (allwedd) – *key*   **arwain at** – *to lead to*

9

'Ta-ra! Croeso i Fryn Llwyn!' medda fi mewn llais oedd yn swnio fel rhyw foi ar raglen blant.

Distawrwydd.

'Ydy'r gwely'n barod?' gofynnodd Ffion.

Erbyn i ni gael hyd i'r goriad a'r drws yn y tywyllwch, a chario Moc fel trysor trwm i mewn i'r tŷ, mi fasen ni i gyd wedi medru cysgu ar lein ddillad.

Mi ges i hyd i'r dillad gwely yn y car (ro'n i wedi eu rhoi o fewn cyrraedd, diolch byth!) a'u rhoi yn frysiog ar ddau wely sengl oedd yn y stafell wely agosaf ar dop y grisiau. Roedd Ffion wedi blino gormod i gwyno ei bod hi'n gorfod rhannu efo Moc am y tro.

Ro'n inna hefyd wedi blino gormod i orffen cario pob dim i mewn i'r tŷ o'r car.

'Mae fory'n ddiwrnod newydd,' meddyliais, gan **ddylyfu gên** wrth eistedd ar yr hen soffa yn y lolfa. Roedd hi ychydig yn oer, felly rhoddais fy nghôt dros fy nghorff i gynhesu wrth feddwl ym mha stafell ddylwn i gysgu ynddi heno. Roedd hi'n fwy cyfforddus i orwedd ar y soffa, felly dyna wnes i...

Y peth nesa dw i'n cofio ydy rhywun yn fy ysgwyd yn ysgafn, ond yn benderfynol.

Agorais fy llygaid yn gysglyd.

'Ffion, be sy'n...?'

'Dad, mae Moc yn chwyrnu. Dw i methu fflipin cysgu! O gwbwl!'

'O, Ffion!'

Am beth bach, roedd Moc yn medru swnio fel Massey Ferguson pan oedd o'n cysgu. Doedd Ffion ddim yn cwyno am ddim byd.

---

dylyfu gên – *to yawn*

'Ga' i ddŵad i gysgu i fan'ma atat ti? Plis?' gofynnodd, a'i llais yn feddalach.

Agorais fy mreichiau a daeth Ffion ata i, fel deryn bach. Ymhen dim o amser, roedd hi wedi syrthio i gysgu, a'i phen yn drwm ar fy mraich, yn union fel oedd hi pan oedd hi'n ferch fach.

Syrthiais innau i gysgu yn y diwedd, ac roedd fy mreuddwydion yn llawn mwg du, siwtcesys a chwilio am oriad i agor y drws...

3

'Oes rhaid i ni fynd i'r ysgol i weld y pennaeth heddiw?' cwynodd Ffion uwchben ei chreision ŷd. 'Dim ond newydd gyrraedd 'dan ni! Gawn ni aros adra pliiiiis?!'

'Ia, pliiiis, Rob? Pliiiiis!' meddai Moc wedyn, gan afael yn ei eliffant tegan a rhoi'r trwnc o'r golwg yn y llefrith oedd yn ei bowlen o greision ŷd.

'Oes, ma rhaid i chi. A phaid â 'ngalw fi'n Rob, Moc. Fyddwn ni ddim yn hir. Mi awn ni i'r ysgol uwchradd gynta, Ffion. Mae pennaeth Blwyddyn 9 yn disgwyl amdanat ti.'

'O wowî!'

'Wowî!' meddai Moc wedyn, fel **carreg ateb**.

'Ac wedyn mae Miss Jones yn edrych ymlaen at dy weld di yn ysgol y pentre, Moc. Ac mae hi'n gwybod dy fod ti'n licio eliffantod.'

'Yndy? Ydy hi'n licio nhw hefyd?' gofynnodd Moc a'i lygaid yn sgleinio.

'Mae hi wrth ei bodd efo nhw! Reit, gorffennwch eich brecwast **reit handi** rŵan a mynd i fyny i newid. 'Dan ni isio bod yn ysgol Ffion cyn deg.'

'Dim fy ysgol *i* ydy hi!' meddai Ffion eto, yn bwdlyd.

Wnes i ddim ateb.

★

---

carreg ateb – *echo stone*

reit handi – *quickly (when used with a verb)*

Awr yn ddiweddarach, roedd pawb yn y car. Roedd hi wedi bod yn fore prysur yn barod, a dim ond hanner awr wedi naw oedd hi! Ro'n i wedi deffro yn ddisymwth wrth i Ffion droi ar y soffa, a fy ngwthio ar y llawr yn y broses. Roedd hi'n dal i gysgu'n drwm, wrth gwrs. Ro'n i wedi penderfynu gwagio'r car, ond roedd hi'n waith anodd cario pob dim i fyny'r grisiau neu ddod â phethau i'r lolfa yn ddistaw, heb ddeffro Ffion. Doedd dim rhaid i mi fynd i'r drafferth. Mi wnaeth Moc yn siŵr bod pawb yn deffro ychydig wedyn, drwy weiddi ar dop ei lais.

'Rooooob! Rooooob! Help!'

Cyfrais i dri, a mynd i fyny'r grisiau. Pan agorais ddrws ei stafell wely, roedd o'n sefyll ar ei wely, wedi **cael braw**.

'Pry cop!' meddai, a phwyntio at gornel y nenfwd.

Edrychais inna i ble roedd o'n edrych, ac roedd 'na bry cop bach y basai'n rhaid cael telesgop i'w weld. O leia doedd dim byd yn bod ar lygaid Moc, meddyliais.

'O, Mostyn ydy hwnna!' dwedais.

Es i i eistedd ar y gwely, a pherswadio Moc i eistedd wrth fy ymyl.

'Mostyn?' gofynnodd Moc, a'i lais yn llawn syndod.

'Wel, ia, Mostyn. Dyna ydy enw'r pry cop sy'n byw yn fan'ma! Ro'n i'n meddwl ella basai Mostyn yn dod allan i ddeud helô ac i ddeud "Croeso i dy gartre newydd, Moc"!'

Edrychodd Moc i fyny arna i efo'i lygaid mawr glas, ac yna edrychodd yn ôl ar y pry cop, ei geg ar agor mewn syndod.

'Ydy Mostyn yn glên, Rob?'

'Wrth gwrs ei fod o'n glên! Roedd o ac Anti Harriet yn dipyn

---

cael braw – *to be scared*

o ffrindia, felly mae'n siŵr fod o'n hapus ein bod ni wedi dŵad yma i fyw rŵan, er mwyn iddo fo gael cwmni.'

Ddwedodd Moc ddim byd am eiliad, dim ond dal i sbio i fyny ar y dotyn bach du yng nghornel y stafell. Yna, daeth gwên fawr i'w wyneb.

'Mostyn!' meddai'n hapus ei fyd.

Yn ddistaw, penderfynais y baswn i'n galw pob problem oedd gen i yn Mostyn o hyn ymlaen!

Ond yna, agorodd y drws yn wyllt, a safodd Ffion yno, ei gwallt fel **nyth brân**. Roedd hi'n amlwg yn siomedig bod y ddau ohonan ni yn y stafell o hyd.

'Ffion, dw i isio i chdi gyfarfod Mostyn!' meddai Moc, â **thinc buddugoliaethus** yn ei lais, fel tasa fo'n Dr Livingstone oedd wedi darganfod rhyw greadur newydd.

'Pwy ydy…?' gofynnodd Ffion, ei diddordeb wedi deffro am eiliad.

Safodd Moc ar ei draed a phwyntio ei fys i gyferiad yr arachnid.

'Dyma fo! Mostyn, y pry cop!' meddai, a'i lygaid yn sgleinio.

Tasai rowlio llygaid yn gamp yn y Gemau Olympaidd, mi fasai Ffion wedi ennill medal aur.

Ymhen hir a hwyr, dyma fi'n llwyddo i gael pawb allan o'u pyjamas ac allan o'r tŷ yn eitha taclus i fedru cyfarfod eu hathrawon newydd. Roedd Moc yn clebran am Mostyn ac yn mynnu y basai ei athrawes newydd o'n licio gweld ei gasgliad CYFAN o eliffantod. Ar y llaw arall, roedd Ffion yn **styfnig** fel mul am bob dim dan haul. Erbyn i mi eistedd yn sedd y gyrrwr a

---

nyth brân – *untidy (lit. crow's nest)*

tinc buddugoliaethus – *victorious undertone*

ymhen hir a hwyr – *eventually*   **styfnig** – *stubborn*

rhoi fy ngwregys ymlaen, roedd gen i gur yn fy mhen!

Ac yna, am eiliad, edrychais allan ar y dyffryn islaw. Roedd niwl y bore wedi codi, gan adael golygfa anhygoel o fy mlaen. Edrychai'r caeau gwyrdd fel cwilt, yr afon fel rhuban a phob bwthyn bach fel tŷ tegan **yma a thraw**. Do'n i ddim wedi sylwi ar yr olygfa yma o'r blaen pan o'n i'n dod draw i ymweld ag Anti Harriet. Fel arfer, yn syth ar ôl cyrraedd, ro'n i'n cael fy ngwasgu ganddi mewn cwtsh gynnes yn arogli o lafant, ac yn cael fy arwain i'r gegin i gael diod a theisen.

'Waw, edrychwch ar yr olygfa!' meddwn, a hanner troi at y plant wrth ddweud.

'Pwy ydy'r boi 'na?' gofynnodd Ffion o'r cefn.

Do'n i ddim yn disgwyl yr ymateb hwnnw!

'Be? Yyy? Pa foi?'

'Hwnna!' meddai Ffion gan bwyntio.

Ac yna gwelais ddyn yn eistedd mewn car ychydig i lawr y ffordd. Mae'r tŷ yn sefyll ar ei ben ei hun ar ymyl bryn, a does 'na ddim tŷ arall am tua hanner milltir i lawr y dyffryn. Does dim llawer o geir yn pasio, gan nad ydy o ar y ffordd i nunlle.

Roedd gan y dyn het **pêl-fas** ar ei ben, ac roedd o'n edrych arnon ni.

'Pwy ydy o?' meddai Moc wedyn.

'Rhywun ar goll ac yn sbio ar y Sat Nav mae'n siŵr,' atebais, er do'n i ddim wir yn credu hynny, gan ei fod yn edrych yn syth arnon ni.

'*Weird*!' meddai Ffion, a rhoi ei chyrn clustiau yn ôl ar ei phen, a'r ferch fach oedd wedi swatio efo fi ar y soffa wedi diflannu unwaith eto am y dydd.

---

yma a thraw – *here and there*   **pêl-fas** – *baseball*

'*Weird*!' atebodd Moc fel carreg ateb.

Dyma'r dyn yn y car yn cychwyn yr injan a mynd i lawr y lôn, gan edrych yn syth o'i flaen wrth yrru i ffwrdd yn gyflym.

'Ydy o'n hwyr hefyd, Rob?' gofynnodd Moc.

Edrychais ar y cloc ar y **dashfwrdd**.

'Siwgwr!'

Mae'n rhyfedd sut dach chi'n medru peidio rhegi pan mae gynnoch chi blant.

'Dim rhegi, Rob!'

Ac mae'n rhyfedd sut mae geiriau eraill yn dŵad i swnio fel rhegi i'r plant!

'Reit. 'Dan ni'n mynd! Rŵan!'

Sut 'dan ni'n llwyddo i fod yn hwyr i bob man o hyd, meddyliais! Roedd o'n un o'r pethau oedd yn **mynd dan groen** Siwsi, meddai hi. Yn un o'r nifer o bethau, erbyn gweld.

Cychwynnais y car, gan deimlo'n falch o glywed yr injan yn **canu grwndi** fel cath fach hapus, a doedd dim arwydd fod problem efo'r car y tro yma, o leia.

---

dashfwrdd – *dashboard*

mynd dan groen – *to go under someone's skin*

canu grwndi – *to purr*

4

Aeth gweddill yr wythnos yn gyflym. Roedden ni i gyd wrthi **fel lladd nadroedd**, yn glanhau, yn **dadbacio**, a rhoi trefn ar ein cartref newydd. Ac yn rhy gynnar o lawer, daeth bore dydd Llun, ac amser i'r plant fynd i'r ysgol go iawn.

'**Dwn i'm** pwy oedd y mwya nerfus – fi 'ta'r plant.

Roedden ni wedi mynd i ysgol Ffion i ddechrau, ac roedd hi wedi rhoi rhybudd i mi barcio yn ddigon pell o'r giât ffrynt rhag i mi 'godi cywilydd arni hi'. Ro'n i'n llwyddo i 'godi cywilydd' arni wrth anadlu fel arfer, felly o leia roedd hyn yn rheswm digon teg!

Ers yr ymweliad cynta hwnnw i weld yr ysgol ac i gyfarfod pobol, roedd hi wedi bod yn dechrau sôn am enwau newydd, rhyw Fflur a Cadi, oedd yn yr un dosbarth â hi. Mae yna lot o bobol yn gweld bai ar y cyfryngau cymdeithasol, ond o leia mae gwneud ffrindiau a chadw cysylltiad yn haws i bobol ifanc.

Cerddodd Ffion i fyny'r stryd i gyfeiriad yr ysgol newydd, felly, efo rhyw sbonc do'n i ddim wedi gweld ers misoedd. Yn ei gwisg ysgol newydd, roedd hi wedi diflannu i mewn i'r criw o blant o fewn munudau.

'Reit, chdi rŵan ta, Moc bach!' meddwn, gan droi a gwenu ar y bychan penfelyn yn y sêt gefn. Diflannodd fy ngwên wrth edrych arno!

---

fel lladd nadroedd – *at full speed (lit. like killing snakes)*
dadbacio – *to unpack*
dwn i'm (dw i ddim yn gwybod) – *I don't know*

'Moc! Be wyt ti wedi wneud i dy wallt?'

'Jel,' meddai, dan wenu. Roedd ei wallt yn sgleinio ac roedd o wedi brwsio ei wallt i'r ochr efo'i fysedd (tydy Moc ddim yn 'gneud' crib!). Efo'r steil gwallt a'i sbectol fach gron, roedd o'n edrych fel hen ddyn bach. Yr unig beth roedd o angen oedd mwstásh a chardigan *beige*.

'Ond lle gest ti…?'

Dim ond yr eiliad honno wnes i sylwi ar y jar o fêl oedd yn gorwedd wrth ei ochr ar y sêt gefn, yn amlwg wedi syrthio o ryw focs pan oedden ni'n symud tŷ!

'Mêl! Ti erioed wedi rhoi mêl ar dy… O, Moc!'

Daeth gigl fach gan Moc, wrth iddo roi bys ar ei wallt, ac yna ei flasu.

'Mmm! Neis!'

Ochneidiais.

'Tydy hyn ddim yn ddoniol! Mi fydd rhaid i ni roi dŵr arno yn syth ar ôl cyrraedd yr ysgol, iawn? Tydy'r brifathrawes ddim isio plant sy'n edrych fel tasen nhw'n mynd allan i ddisgo! Nac yn ogleuo fel **cwch gwenyn**!'

Chwerthin eto wnaeth Moc. Troais yn ôl a chychwyn injan y car.

'A phaid â chyffwrdd dim byd, iawn, Moc?! Dim byd! Mae mêl yn sticî!'

Roedd y **saib** yn ddigon i mi wybod ei bod hi'n rhy hwyr.

'Wps! Soooori, Rob!' meddai'r llais bach o'r cefn.

Wrth nesáu at yr ysgol gynradd, mi welais fod yna griw bach o rieni wedi ymgynnull y tu allan i'r giatiau, yn sgwrsio. Gafaelais yn dynnach yn llaw fach sticî Moc wrth i ni gerdded tuag atyn nhw.

---

cwch gwenyn – beehive   **saib** – *pause*

Ella wnân nhw ddim cymryd sylw ohonan ni, meddyliais yn obeithiol. Ella fasen ni'n medru jyst llithro heibio iddyn nhw heb…

Ond trodd **pob un wan Jac** i edrych wrth i ni gyrraedd giât yr ysgol.

Neu, ella dylwn i ddweud 'pob un wan Jaci', achos merched oedden nhw, bob un. Doedd 'na ddim dyn **ar gyfyl y lle**, heblaw am Moc a fi. Ac roedd Moc yn edrych fel Alan Bennett bach. Edrychais ar y llawr wrth gerdded yn nes atyn nhw.

Roedd yn rhaid i mi ddweud rhywbeth! Ar hynny, canodd y gloch ar yr iard a dechreuodd y plant redeg i mewn i'r ysgol fel afon **amryliw**. (Doedd 'na ddim gwisg ysgol yma, roedd hynny'n un peth ro'n i'n licio am y lle.)

'Bore da! 'Dan ni'n hwyr!' meddwn, gan lusgo Moc ar fy ôl, rhag ofn iddo gael ei demtio i stopio i sgwrsio.

'Paid â phoeni, fyddwn ni'n dal yma'n sgwrsio pan ddei di allan, mae'n siŵr,' meddai un ohonyn nhw, yn edrych fel tasai hi wedi camu'n syth allan o gylchgrawn *Vogue*. Gwenodd, gan edrych arna i fyny ac i lawr, heb gymryd sylw o Moc bach o gwbl.

'Wel, fydda i ddim!' meddai llais wnaeth wneud i mi stopio'n stond.

Edrychais draw at berchennog y llais.

Roedd hi'n edrych arna i efo'r llygaid lliw emrallt rheiny oedd wedi fy swyno ers i mi ei chyfarfod gynta flynyddoedd yn ôl. Y llygaid ro'n i'n breuddwydio amdanyn nhw. Alys. Alys Moncur.

'Mae gan rai ohonan ni waith i'w wneud!' meddai, gan ddal i edrych arna i, ond heb wên ar ei hwyneb.

---

pob un wan Jac – *every Jack (every Tom, Dick and Harry)*

ar gyfyl y lle – *near the place*   **amryliw** – *multicoloured*

Sylwais ei bod yn gwisgo crys polo a'r logo 'GARDD EDEN' wrth ymyl llun o afal mawr coch.

Ond yna clywais lais arall. Llais Vogue. **Chwalwyd** y foment.

'Wel ia, be wneith Gardd Eden heb ei **sarff**, yndê?!' meddai, a chwerthin yn uchel. Gwenu wnaeth Alys hefyd am eiliad, yna meddai wrtha i,

'Wela i di o gwmpas, felly, mae'n siŵr!'

Ac yna roedd hi wedi dechrau cerdded i'r cyfeiriad arall.

'Mae gen i bry cop o'r enw Mostyn!' meddai Moc wrth ei ffrindiau newydd, a **gwenu fel giât** wrth ddweud!

*

Roedd hi'n amser cofrestru yn yr ysgol pan wnaethon ni gyrraedd. Daeth athrawes allan o'r stafell athrawon, a gwenu'n ddel ar Moc. Mi wnes i ei hadnabod o'r diwrnod o'r blaen.

'Wel, Moc! Ti'n edrych yn smart iawn bora 'ma yn dy ysgol newydd. A mae dy wallt di'n neis, tydy?'

'Mêl ydy o, ddim jel!' meddai Moc yn falch, fel tasai hynny'n beth hollol normal!

Daliodd yr athrawes a finnau lygaid ein gilydd.

'Ia, sori am hynna!' meddwn.

Gwenu wnaeth hi, ac estyn ei llaw i Moc.

'Ti isio dŵad efo fi i'r dosbarth i ni gael dweud helô wrth bawb? Ac ella gawn ni roi dipyn bach o ddŵr ar y gwallt 'na ar y ffordd, ia?'

---

chwalu – *to shatter*	**sarff** – *serpent*
gwenu fel giât – *to smile like a gate (like a Cheshire cat)*	

Rhoddodd Moc ei law yn ei llaw hithau, a dechreuodd gerdded i lawr y coridor efo hi. Yna stopiodd, troi'n ôl a chodi ei law arna i, cyn cario mlaen i gerdded at y dosbarth.

Wn i ddim pan wnes i deimlo mor wag, er 'mod i wedi bod yn edrych ymlaen at gael ychydig o lonydd ar ôl misoedd o geisio bod yn bob dim i bawb dros fisoedd yr haf.

Ond roedd gweld Alys eto wedi gwneud i mi deimlo'n rhyfedd. A deud y gwir, roedd fy nghalon yn rasio.

★

Roedd y criw yn dal yno y tu allan i giatiau'r ysgol, fel roedd yr un Vogue wedi dweud. Pawb ond Alys, wrth gwrs.

'Wel, sut aeth hi?'

Do'n i ddim yn siŵr pwy oedd yn gofyn y cwestiwn, ond atebais,

'Iawn. Grêt. Dim problem o gwbwl, diolch byth.'

Penderfynais beidio sôn am **helynt** y gwallt – do'n i ddim yn nabod y rhein yn ddigon da eto.

Y Vogue siaradodd nesa.

'Hei, 'dan ni'n mynd am goffi? Ti isio dŵad efo ni?'

Doedd gen i ddim awydd mynd o gwbwl. Dylwn i fod wedi dweud 'na' ar ei ben, wrth gwrs. Roedd gen i gymaint i'w wneud a'i sortio yn y tŷ, ac ro'n i wedi edrych ymlaen cymaint at gael llonydd. Hefyd, ro'n i'n rhedeg yn hwyr efo rhyw brosiect dylunio ro'n i angen gweithio arno. Rhwng y busnes efo Siwsi a symud tŷ, do'n i ddim wedi bod yn rhoi digon o sylw i fy musnes. Ac roedd gen i ddau o blant i'w magu ar fy mhen fy hun rŵan.

---

helynt – *trouble, fuss*

Ond ro'n i'n teimlo'n falch 'mod i wedi llwyddo i gael Ffion a Moc i'r ysgol mewn un darn, a hynny ddim yn rhy hwyr. Ac roedd hi'n bwysig i mi ddechrau dŵad i nabod y rhieni eraill yn well, toedd? A taswn i'n onest, mi fasai'n gyfle i mi ddysgu mwy am sut oedd Alys Moncur erbyn hyn.

Felly, dyma fi'n deud, 'Ia, ia, iawn, grêt. Diolch!' a gwenu, felly taswn i wedi bod yn gobeithio y basen nhw'n gofyn i mi neud hyn o'r dechrau!

5

Roedd y caffi bach ar waelod y pentre yn wag pan gyrhaeddais i. O'n i wedi camddeall y cyfarwyddiadau? Troi i'r chwith wrth yr eglwys, a pharcio yn y maes parcio bach ger y llyfrgell, dyna ddwedodd Vogue yndê? A do'n i'm yn cofio bod mwy nag un eglwys na llyfrgell yn y pentre. Dw i'n siŵr y basai Anti Harriet wedi sôn am rywbeth felly yn ein sgyrsiau ffôn wythnosol.

Daeth dyn efo mwstásh mawr coch draw at y cownter o ryw stafell yn y cefn, a gwenu.

'*Latte* os gwelwch yn dda!' gofynnais, a gwenu'n ôl.

Cyrliodd y mwstásh coch am i lawr.

'Don't speak the lingo, I'm afraid. *Latte* was it?'

Doedd dim rhaid i mi boeni lle roedd pawb. Ro'n i newydd eistedd i lawr efo fy *latte* pan gyrhaeddodd y criw efo'i gilydd.

'O, rwyt ti wedi gwneud dy hun yn gyfforddus, dw i'n gweld!' meddai Vogue, gan eistedd i lawr a gollwng ei bag llaw lliwgar ar y carped fel tasai'n llawn o frics. 'O, dw i'n haeddu panad heddiw! Dw i'n teimlo 'mod i wedi gwneud diwrnod o waith yn barod efo Teilo! Ti'n gwbod be wnaeth y **cena bach**? Cuddio goriad drws ffrynt! Meddylia!'

Teilo. Ar ôl y sant, efallai, meddyliais. Ond doedd hwn ddim yn swnio fel sant!

Roedd tri o bobol eraill yno, ac mi ges i fy nghyflwyno i bob un.

---

cena bach – *little rascal*

Trish oedd enw iawn Vogue, ac roedd hi'n fam sengl i Teilo, y sant. Doedd hi ddim yn hawdd anghofio Elin, oedd yn edrych fel tasai hi'n mynd i roi genedigaeth yn y fan a'r lle, o weld maint ei bol.

'Faint sgen ti i fynd?' gofynnais, i fod yn gwrtais.

'Dau fis! I fod!' atebodd. 'Ond ella fydda i'n hwyr efo hwn hefyd.'

Bu bron iawn i mi ddweud fod Siwsi hefyd wedi bod yn hwyr efo Ffion a Moc, ond daliais fy hun yn ôl mewn pryd. Mi fasai hyd yn oed sôn am ei henw yn agor y drws i gwestiynau do'n i ddim isio eu hateb ar hyn o bryd.

Do'n i ddim wedi cyfarfod yr unig ddyn oedd yn y criw. Mi estynnodd ei law ata i a'i hysgwyd yn egnïol.

'Alan Huws!' meddai, yn ffurfiol. Roedd Alan Huws yn gwisgo tei o dan ei siwmper, yn edrych yn nerfus i gyfeiriad y drws bob dau funud.

'Dw i'm yn dŵad yma'n aml,' meddai, fel tasai'n ymddiheuro am fod yma o gwbwl. 'Ond dw i rhwng jobs, ti'n gweld...'

'Dallt yn iawn,' meddwn innau, er nad o'n i ddim yn deall nac yn poeni am y peth, a deud y gwir. A ddylwn i fod yn **cyfiawnhau** fy mhresenoldeb?

Daeth dyn y mwstásh draw efo **hambwrdd** a phaned i bawb arno.

'My regulars!' meddai, a gwenu.

Trodd Vogue ato a rhoi'r wên fwya erioed iddo, a'i dannedd gwyn yn disgleirio, fel **llewes** yn llygadu ei **phrae**.

'Angel!' meddai hi mewn rhyw lais rhyfedd.

---

cyfiawnhau – *to justify*	**hambwrdd** – *tray*
llewes – *lioness*	**prae** – *prey*

Wnaeth neb arall sylw, dim ond bod yn brysur drwy roi siwgwr, mwy o lefrith neu beth bynnag.

'Aeth Mostyn i'r ysgol yn iawn?' gofynnodd Vogue, gan setlo efo'i phaned. 'Mae o mor ciwt!'

'Y, dim Mostyn ydy o, Moc ydy o. Enw'r pry c—' Newidiais fy meddwl. 'Ahem... Moc. Do. Diolch. Dim problem.'

'O braf arna chdi!' meddai Vogue, a rhoi ei chwpan i lawr ar ei soser yn ddramatig. 'Dw i'n cofio pan oedd Teilo felly! Ond doedd o ddim isio mynd yn ôl heddiw, 'de! Dim o gwbwl!'

'Doedd Idris ddim yn rhy hapus chwaith,' meddai Elin. 'Ond chymrais i ddim sylw ohono fo!'

'Wel ia, ond ma Teilo mor sensitif, ti'n gweld, Elin. Dyna'r drwg! Tynnu ar fy ôl i mae o, mae o'n **teimlo petha i'r byw**. A tydy o ddim wedi clicio efo'r athrawes newydd yma o gwbwl am ryw reswm, ers iddyn nhw gael y pnawn yna cyn gwylia'r haf...'

Mae'n siŵr fod yr athrawes wedi ei gwneud hi'n glir nad oedd hi'n cymryd dim nonsens, meddyliais. Roedd Teilo'n swnio fel hunllef!

Chwarddodd Alan yn uchel, gan **gamddarllen** y ciw cymdeithasol yn llwyr. Edrychodd Vogue yn flin arno. Edrychodd Alan i lawr ar ei dei. Roedd gen i biti dros y boi, ond eto ro'n i'n teimlo dylai fagu tipyn o asgwrn cefn!

Ond ches i ddim amser i feddwl mwy am Alan, achos fe wnaeth cwestiwn nesa Vogue i finna deimlo'n annifyr!

'Sut wyt ti'n nabod Alys Moncur, 'ta?' gofynnodd.

'Alys? O, dw i'n ei nabod hi ers... wel, pan o'n i'n dŵad i aros efo'n Anti i Fryn Llwyn. Roedd Alys...'

---

teimlo petha i'r byw – *to feel deeply*   **camddarllen** – *to misread*

Os o'n i'n trio ymddwyn yn **ddidaro**, do'n i ddim yn cael hwyl dda iawn arni!

'Rhyfadd hefyd,' meddai hi eto, 'na fasach chi'n fwy hapus i weld eich gilydd ar ôl cymaint o amser!'

'Trish!' meddai Elin yn flinedig. 'Paid â busnesu!'

'Jyst gofyn, dyna'r cwbwl!' meddai Vogue yn ôl, a gwenu ei gwên sgleiniog arna i. 'Does 'na'm byd yn bod mewn dangos tipyn bach o ddiddordeb, nag oes? Dim pob dydd 'dan ni'n cael hync fatha Rob yn symud i fyw i'r pentra, naci!'

Tagodd Alan yn anghyfforddus, a cheisio newid y pwnc.

'Gweith… gweithio mae dy wraig ia, Rob? Ar y funud?'

Dylwn i fod wedi bod yn barod am hyn. Mewn tref reit fychan, mae unrhyw un newydd yn siŵr o fod yn ddiddorol i bawb. Hyd yn oed rhywun fel fi!

Roedd y criw i gyd yn edrych arna i am ateb, yn enwedig Vogue, a'i cheg yn agored yn ddisgwylgar, fel tasai hi'n mynd i lyncu pry!

'Yyy, tydy hi'm yn byw efo ni. 'Dan ni wedi cael **ysgariad**.'

A dyna ni. Fy mywyd ers y chwe mis diwetha wedi cael ei roi yn daclus ar blât i bawb gael syllu arno. Fel rhywbeth mewn amgueddfa.

Camgymeriad mawr oedd dod am baned, ro'n i'n sylweddoli hynny rŵan. Dim ond esgus i bawb fedru holi a busnesu oedd y gwahoddiad i ddŵad i'r caffi, a dim byd mwy. Dylwn i fod wedi dweud sori, ac wedi mynd yn ôl i gael tipyn o drefn ar y tŷ, neu mynd i orwedd mewn stafell dywyll tan oedd hi'n amser i'r plant ddod adra o'r ysgol.

'Ooo, bechod!' meddai Elin, gan wneud i mi deimlo 'mod i newydd ddweud fod gen i ryw salwch difrifol.

---

didaro – *unconcerned*   **ysgariad** – *divorce*

'Dyna ddigwyddodd i finna hefyd. Tro cynta!' meddai Alan, gan edrych wedi ei animeiddio yn fwy nag oedd o wedi bod o gwbwl. '**Hen gnawes** oedd hi. Ond mae Marilyn yn ffantastig. Ac mae hi mor weithgar! Gweithio nos a dydd! Tydy Hari bach a finna prin yn ei gweld hi!'

Welodd o mo lygaid Elin a Vogue yn cyfarfod am eiliad. Eisteddodd Vogue i fyny'n syth, ac estyn ei llaw am fy llaw i.

'Mi wnawn ni helpu chdi i anghofio ac i ddechra eto, sti, Rob. Gwnawn, gang?'

Mwmiodd Alan rhywbeth ac edrychodd Elin drwy'r ffenest a rhwbio'i bol mawr.

Roedd yn rhaid i mi adael.

'Dw i'n gorfod mynd rŵan. Sori! Disgwyl galwad gwaith!'

'Gwaith...' meddai Alan, bron wrtho'i hun.

Wnes i ddim rhoi cyfle i Vogue na neb arall ofyn mwy o gwestiynau wrth i mi neidio i fyny, gafael yn fy siaced a cherdded am y drws.

'Ond ti'm wedi gorffen dy *latte*!' oedd y geiriau oedd yn canu drwy fy mhen wrth i mi agor y drws a chamu allan i'r stryd. Anadlais yn ddwfn, yn falch o gael fy rhyddid yn ôl.

Dyna beth oedd blydi camgymeriad, meddyliais.

A ches i ddim hyd yn oed cael gwybod mwy am Alys!

---

hen gnawes – *old vixen (a disrespectful term)*

6

Mae'n well i mi esbonio. Am Alys a fi.

Pan o'n i yn fy arddegau, mi wnes i ddechrau treulio mwy a mwy o amser efo Anti Harriet. Doedd Dad a fi ddim yn **gyrru ymlaen** yn dda iawn ar y pryd, ac ro'n i'n falch o gael esgus i ddianc o'r tŷ am ychydig a mynd i aros at Anti Harriet. Anti ar ochr Mam oedd Harriet, ac ers i mi golli Mam pan o'n i'n dair ar ddeg oed, roedd bod yng nghwmni Anti yn gysur mawr. Roedd yn gwneud i mi deimlo'n nes at Mam, ella. Roedd gan y ddwy yr un hiwmor, yr un ffordd o ddweud pethau, ac eto roedd hi'n amlwg yn wahanol hefyd. A bod yn onest, roedd hi'n braf bod mewn lle heb orfod gweld pethau Mam o gwmpas ym mhobman. (Doedd Dad ddim yn credu mewn clirio a symud ymlaen.)

Dyna pryd wnes i gyfarfod Alys. A syrthio mewn cariad **dros fy mhen a 'nghlustiau** efo hi, a hithau efo fi.

Roedden ni'n dau'n gweithio ar fferm leol yn ystod y gwyliau haf, yn hel mefus a mafon ac yn trefnu'r safle Pick Your Own. Efo'i gwallt **fflamgoch** cyrliog a'i llygaid gwyrdd, roedd hi'n edrych fel rhyw dduwies Geltaidd i mi. Roedd hi a fi wedi cael llond bol ar yr ysgol ar y pryd, ac yn ysu am fedru torri'n rhydd. Roedd gynnon ni gynlluniau hefyd i beidio mynd ymlaen i'r chweched dosbarth, ond i gael tocyn Eurorail a theithio o gwmpas Ewrop, a'n bagiau ar ein cefnau.

Ond wedyn, daeth diwedd yr haf yn rhy gynnar, a ges i fy

---

gyrru ymlaen – *to get on (lit. to drive on)*
dros fy mhen a 'nghlustiau – *head over heels*
fflamgoch – *flame-red*

mherswadio gan Dad i fynd yn ôl i'r chweched dosbarth gan fod fy Lefel 'O' yn well nag oedden nhw wedi disgwyl. Cafodd Alys a fi ffrae fawr yn y diwedd. Roedd Alys wedi trefnu picnic i ni fynd draw at y llyn ar waelod y cwm ar noson y canlyniadau. Y syniad oedd ein bod ni'n dechrau cynllunio'n taith Ewropeaidd go iawn y noson honno. Roedd Alys wedi prynu ei thocyn Eurorail hi yn barod, ac wedi dweud wrth y prifathro am stwffio'i ysgol! (Wnes i ddweud bod ganddi **dymer** Celtaidd hefyd?)

Ond pan oedd Alys yn gosod y map mawr o Ewrop ar y flanced bicnic, roedd yn rhaid i mi ddweud y newyddion drwg wrthi. Do'n i ddim yn medru dŵad efo hi ar y trip bythgofiadwy. Mi aeth pethau'n ddrwg rhyngon ni, cafodd llawer o eiriau cas eu dweud, ac mi wnaeth hi gerdded allan o fy mywyd i am byth. Neu felly ro'n i'n meddwl, tan i mi ei gweld hi wrth yr ysgol.

Do'n i wir ddim yn meddwl y basai Alys yn rhywun oedd wedi aros yn yr ardal, gan ei bod â'i chalon ar deithio a gweld y byd. Ac yn fwy na hynny, do'n i erioed wedi meddwl am Alys fel rhywun fyddai wedi setlo a bod yn fam.

Roedd hi'n rhyfedd mynd yn ôl i'r tŷ, a phob man yn ddistaw. Do'n i ddim eto yn barod i alw'r lle'n 'adre'. A do'n i ddim wedi bod ar ben fy hun ers misoedd, gan mai dim ond am ddwy awr oedd Moc wedi cael mynd i'r ysgol feithrin ac roedd y ddwy awr honno yn hedfan! Siwsi oedd yn mynd allan i weithio, a finna oedd yn gweithio o adre ac yn gofalu am fynd â'r plant i'r ysgol. Yn y gwaith wnaeth hi ei gyfarfod O a dechrau 'gweithio'n hwyr'. Ceisiais wthio Siwsi o fy meddwl.

Fel hyn fydd hi rŵan, efo Moc wedi dechrau'r ysgol yn llawn amser. Dim ond fi a'r pedair wal tan dri o'r gloch y pnawn. Do'n

---

tymer – *temper*

i ddim yn siŵr sut o'n i'n teimlo am hynny, ond roedd yn rhaid i mi arfer â'r drefn newydd, a dyna fo.

Edrychais ar y domen o focsys yn y lolfa oedd yn dal i ddisgwyl cael eu sortio. Mi geith rheina aros tan pnawn 'ma, penderfynais. Mi wna i tua awr o sortio cyn mynd i nôl y plant o'r ysgol. Yn gynta, dylwn i wneud tipyn o waith.

Taniais y gliniadur ar fwrdd y gegin. Doedd o ddim y lle perffaith i weithio, ond mi fasai'n rhaid iddo **wneud y tro** tan i mi drefnu swyddfa fach i mi fy hun yn y tŷ.

Gwelais, gyda thipyn bach o siom, bod 'na ddim llawer o e-byst gwaith, a dim llawer o bobol yn cysylltu i ofyn i mi wneud prosiect iddyn nhw. Do'n i ddim wedi medru bod ar ben fy ngwaith efo pob dim oedd yn mynd ymlaen efo'r ysgariad ac ati. Ella dylwn i wneud dipyn bach o bysgota am waith, a gyrru e-bost marchnata yn atgoffa pobol pa mor wych oedd Rob Phillips, y Dylunydd Creadigol. Ella fasai hi ddim yn beth drwg i mi gael logo newydd hefyd, rhywbeth lliwgar a ffresh oedd yn denu sylw.

Wnes i ddim sylwi yn syth bod rhywun yn cnocio ar y drws ffrynt.

Dim ond ar ôl i mi glywed llais yn galw 'Helooo! Oes 'na bobol?' wnes i **ddadebru** a chodi i ateb y drws.

Roedd ffigwr tywyll yn sefyll yno, wedi ei wisgo o'i gorun i'w sawdl mewn gwisg Seiclwr Siriys – rhywun oedd yn meddwl dim am neidio ar y beic a reidio am gan milltir. Roedd yn rhaid i'r person dynnu ei helmed a'i gogls cyn i mi ei nabod, er y dylai'r coesau cryf ond hen fod wedi rhoi cliw i mi hefyd, taswn i wedi mentro edrych arnyn nhw!

---

gwneud y tro – *to make do (with something)*

dadebru – *to come to oneself*

'Wil! **Rargian**, wnes i'm —'

'Fy nabod i? Naddo, mae'n siŵr! Da, 'de! Sut wyt ti, Rob? Glywais i eich bod chi wedi symud i Fryn Llwyn yma!'

'Ma'r Jyngl Dryms yn dal i weithio felly!'

'Cystal ag erioed, 'machgen i, cystal ag erioed!'

'Ddowch chi i mewn a cha'l panad?'

'Diod o ddŵr wneith yn iawn i mi, Rob, dim ond digwydd pasio oeddwn i, yli, ar fy reid o gwmpas pen y dyffryn 'ma.'

Agorais y drws **led y pen**, a chamodd Wil i mewn i'r gegin. Roedd yn edrych allan o le rywsut yn ei ddillad lycra yng nghegin Anti Harriet, ac eto roedd Wil yn nabod y lle cystal â mi fy hun. Yn well, mae'n siŵr. Eisteddodd wrth y bwrdd, a'i gefn yn syth, gan ymestyn ei goesau lliw mahogoni o'i flaen.

'Gweithio wyt ti? Sori i styrbio, 'ngwash i. Faset ti'n licio i mi ddŵad yn ôl rhywbryd eto?' gofynnodd, a'i lygaid yn glanio ar ryw ddarn o bapur efo **braslun** mewn pensil o logo newydd fy nghwmni 'Dylunrob' arno.

'Na, mae'n iawn, Wil. Braf iawn eich gweld chi.'

'Yr hen blant wedi dechra yn yr ysgol, do?'

'Do, diolch byth! Ga' i dipyn o lonydd rŵan, Wil!'

'Rhen betha bach. Roedd Harriet wedi **mopio** efo nhw, toedd? Roedd hi'n deud yn aml, tasa petha…'

Ac yna stopiodd Wil, ac edrych yn hiraethus o'i gwmpas. Roedd y gegin yn edrych yn union 'run fath â phan oedd Anti Harriet yn byw yma, heblaw am y tegell gwahanol, y bin bara newydd hufen efo'r gair 'BARA' arno mewn llythrennau mawr, a llanast teulu ifanc.

'Mae'n rhyfadd, Wil, tydy? Bod yma hebddi hi.'

---

rargian – *good gracious!*	**lled y pen** – *wide open*
braslun – *sketch*	**mopio** – *to dote on something / someone*

31

'Yndy, Duwcs, mae hi'n rhyfadd! Ond dyna fo! Dyna'r drefn, yntê!'

Rhoddais ddiod o ddŵr iddo, a chymerodd Wil y gwydr yn ddiolchgar, yn falch o newid y sgwrs. Yfodd y dŵr ac edrych ar y llawr am eiliad, cyn codi ei ben a dechrau siarad eto.

'Wyt ti wedi dechra setlo? Wedi dechra gwneud ffrindia newydd?'

'Wel, dw i ddim wedi cael lot o gyfle, deud y gwir. Ond mi wnes i gyfarfod rhywun bore 'ma… .'

Eisteddodd Wil i fyny a dechrau symud un goes fahogani i fyny ac i lawr er mwyn ei hymestyn.

'Stiffio fydda i, sti, os dw i'n stopio. Pwy welaist ti, felly?'

'Alys Moncur.'

Stopiodd symud ei goes ac edrych arna i, cyn cario mlaen.

'O, Alys. Wela i…'

Edrychodd arna i efo rhyw hanner gwên.

'Do'n i ddim wedi disgwyl fasai hi dal yma, deud y gwir. A hithau ar dân isio gweld y byd…'

'O ia. Dw i'n cofio Harriet yn deud rhywbeth mai hynny oedd achos y ffrae rhyngddoch chi.'

'Mmmm…'

Ro'n i'n difaru braidd fy mod i wedi codi'r pwnc, ac eto roedd hi'n braf medru holi Wil, a gwybod ei fod o ar fy ochr i.

'Wel, rwyt ti'n gwybod be maen nhw'n ddeud, "**Hawdd cynnau tân ar hen aelwyd**," 'te, Rob?' meddai Wil, gan roi winc arna i.

'Chi fasai'n gwybod am hynny, Wil!' medda finna, gan wenu a rhoi winc yn ôl iddo.

---

hawdd cynnau tân ar hen aelwyd – *idiom: to rekindle the flames*

Roedden ni'n deall ein gilydd yn iawn. Roedd o ac Anti Harriet wedi bod yn agos ers blynyddoedd lawer, er doedd y naill na'r llall erioed wedi siarad am y peth yn gyhoeddus. Ond roedd pawb yn gwybod mewn ardal fel hyn.

Wnaeth Wil ddim anghytuno, dim ond gwenu mewn ffordd braidd yn drist.

'Ond mae'r llong honno wedi hwylio, Wil. Mae hi'n fam rŵan, tydy? Ac efo partner mae'n siŵr, a…'

'Mae hi'n fam, ydy,' meddai Wil yn araf. 'Ond o ran partner…'

Yn sydyn, edrychodd Wil ar ei wats, a neidio ar ei draed.

'Be sy?' gofynnais.

'Cyfarfod Blynyddol y Clwb Bowlio! Maen nhw'n dechra am un ar ddeg, a dw i'n hwyr! Hwyl i ti, Rob! Ddo i draw eto! Aros i mi osod y Strava 'ma eto…'

Ac yna gadawodd Wil, gan adael mwy o gwestiynau nag atebion i mi am Alys Moncur!

7

Er fy mod i wedi meddwl bod y diwrnod i gyd yn ymestyn fel môr mawr o fy mlaen i, cyn i mi droi roedd hi'n hanner awr wedi dau, ac roedd yn rhaid i mi baratoi at fynd i nôl Moc o'r ysgol. Do'n i ddim isio bod yn hwyr, yn enwedig ar y diwrnod cynta.

Wrth anelu'r car i lawr y dyffryn i gyfeiriad yr ysgol, dechreuais feddwl eto am eiriau Wil. 'Ond o ran partner…' Dyna oedd o wedi ddweud, yntê? 'Ond o ran partner… '. Roedd hi'n amlwg y basai rhywun fel Alys ddim yn sengl o hyd, ac roedd ganddi blentyn. Ond beth oedd geiriau Wil i fod i feddwl? Oedd y partner yn dda i ddim byd, yn dipyn o **lembo**, yn foi oedd yn ddiog ac yn gwneud dim i gyfrannu at y bywyd teuluol?

Ro'n i'n gynnar, er bod ambell gar yn barod ar ochr y ffordd. Penderfynais y byddwn yn ceisio perswadio Moc i gerdded o'r ysgol weithiau os oedd y tywydd yn braf. Doedd hynny ddim yn opsiwn yn y bore. Roedd Moc yn un gwael am godi o'i wely, ac mi fasen ni'n hwyr bob dydd! Ond mi fasai cerdded adre o'r ysgol yn ffordd braf o ymlacio ar ôl diwrnod o ysgol, ac yn ffordd o gael Moc i ddefnyddio tipyn o'r egni sbar oedd ganddo! Mi fasai hanner awr o gerdded i fyny'r allt at Fryn Llwyn siŵr o fod yn bosib efo bachgen egnïol pump oed?

Meddwl am hyn o'n i pan welais i ffigwr cyfarwydd yn cerdded heibio'r car. Gwallt cyrliog lliw copr. Alys! Mewn amrantiad, ro'n i wedi agor drws y car, ac wedi galw ei henw.

Trodd yn syth, ac edrych arna i.

---

lembo – *idiot*

'Ti'm yn hwyr i bob man rŵan, felly!' meddai, gan wenu'n swil.

'Dw i wedi tyfu i fyny, sti. Ond mae Moc wedi **etifeddu'r** ddawn honno erbyn hyn.'

Gwenodd Alys eto am eiliad, cyn edrych i lawr, a chario mlaen i gerdded at yr ysgol.

Dois allan o'r car a dal i fyny efo hi.

'Pwy sy gen ti yma, felly?'

'Joe. Mae o'n ddeg,' meddai, wrth gerdded.

'Enw del,' atebais yn wan. Roedd hyn yn anoddach nag o'n i'n feddwl! Ac i feddwl bod y ddau ohonan ni'n methu stopio siarad ers talwm, a'r sgwrs yn llifo'n rhydd...

'Tipyn gwell na Cynddylan.'

Edrychodd arna i, ac yna torri i wenu ar ein jôc fach breifat. Roedd Alys a fi wedi dweud y basen ni'n galw ein mab yn Cynddylan tasen ni'n cael hogyn. Ar ôl cerdd R. S. Thomas roedden ni wedi astudio yn ein gwersi Saesneg. 'Cynddylan on a tractor'. Jôc fewnol. Jôc arbennig i ni'n dau'n unig. Jôc mewn cyfnod pan oedden ni'n mynd i fod efo'n gilydd am byth.

'Yndy, tipyn gwell!' meddai hi'n ddistaw.

Dechreuodd y ddau ohonon ni gydgerdded i gyfeiriad yr ysgol.

'Ti'n edrych yn dda,' mentrais. 'Yn dda iawn.'

Stopiodd gerdded a throi ata i.

'Yli, Rob, dw i'n dallt bod chdi wedi ysgaru a phob dim, iawn? Ond fedri di ddim dŵad yn ôl ffordd yma a meddwl fedri di bigo i fyny lle wnest ti adael.'

'Ond do'n i'm yn...'

---

etifeddu – *to inherit*

'Mae petha'n wahanol rŵan, iawn? Dw i'n wahanol.'

'Wyt ti?'

Edrychodd y ddau ohonon ni ar ein gilydd am eiliad neu ddau. Roedd o yno o hyd, y trydan, y wefr.

Hi edrychodd i ffwrdd gynta.

'Yli, dw i'n dallt bod gen ti bartner a phob dim, dw i jyst…'

'Partner,' meddai.

'Ia, ac er fy mod i wedi ysgaru dw i ddim yn disgwyl dim byd ond bod yn ffrind i ti.'

'Reit,' atebodd, ac edrych ar ei hesgidiau.

'Dw i'n dallt. A… dw i'n falch. Bod chdi'n hapus.'

Atebodd hi mohona i, dim ond nodio a dechrau cerdded yn gyflymach.

Roedd un neu ddau o'r rhieni eraill wedi dechrau ymgynnull ac yn eu canol roedd Vogue, ac yn ei llaw roedd ganddi **glipfwrdd** digon mawr i alw 'chi' arno.

'Rob! Jyst y boi dw i isio gweld!' galwodd a chwifio'r clipfwrdd yn yr awyr.

Ochneidiais a cherdded tuag atyn nhw.

---

clipfwrdd – *clipboard*

8

'Moc, beth wyt ti wedi neud?'

Bore Gwener oedd hi, a diwrnod y ffair godi arian gan **Gymdeithas Rhieni ac Athrawon** yr ysgol.

Do'n i ddim yn edrych ymlaen at y noson. Yn un peth, mae'n gas gen i bethau fel hyn, lle mae pawb yn trio eu gorau i **esgus** eu bod nhw'n cael hwyl, ac yn gwenu fel giât yn enw'r 'achos da'.

Yn ail, roedd Vogue wedi bod yn mynd ymlaen ac ymlaen am y peth ers tua tair wythnos, yn gwneud pwynt o ddal pawb oedd yn aros am eu plant tu allan i'r ysgol er mwyn eu cael i wneud rhywbeth yn y ffair. Roedd angen i'r hogan gael gwaith, meddyliais, neu os oedd ganddi waith, roedd angen iddi gael mwy! Roedd hi'n ormod o ffrind i'w chlipfwrdd a'i rhestrau!

Y trydydd rheswm do'n i ddim yn edrych ymlaen at y noson oedd gweld Alys eto, a chyfarfod ei phartner o bosib. Mae'n siŵr ei fod o'n rhyw fath o hync, meddyliais, y math o foi sy'n nabod pawb ac yn medru gwneud pob dim.

A rŵan roedd Moc yn sefyll yn y stafell ymolchi, yn edrych fel tasai llygoden fawr wedi bod yn cnoi ei wallt. Roedd yna **glympiau** mawr o wallt ar y llawr o'i gwmpas. A siswrn cegin yn ei law.

'MOC! Beth wyt ti wedi neud i dy wallt?' gofynnais eto, ychydig yn uwch y tro hwn, gan ei fod o'n sefyll yno a rhyw hanner gwên ar ei wyneb.

Cymdeithas Rhieni ac Athrawon – *Parent Teacher Association*

esgus – *to pretend*   **clwmp (clympiau)** – *clump(s)*

'Syrpréis, Rob! Wnei di roi arian i fi?'

'Be?'

'At yr ysgol? Dw i wedi torri 'ngwallt i godi arian i'r ysgol. Rŵan, wnei di roi arian i fi, plis? At yr…' **Crychodd ei aeliau** wrth geisio cofio'r term. 'At yr as… yr asoch da!'

'Achos da!' cywirais. 'Ond —'

Cyn i mi gael cyfle i ofyn mwy, aeth y dyn bach ymlaen.

'Roedd Miss Pritchard wedi deud wsnos dwetha i feddwl am bethau i hel arian i'r ysgol, a wedyn wnes i feddwl faswn i'n torri 'ngwallt, a gofyn i bobol roi pres i mi!'

'Ond nid felly mae'n gweithio, Moc! Rhaid i ti gael pobol i dy noddi di gynta.'

'Noddi? Be ydy noddi?'

'Wel, rhaid cael pobol i addo rhoi pres i chdi cyn i ti wneud rhywbeth a wedyn, ar ôl i ti ei wneud o, maen nhw'n talu.'

'Felly mae pawb jyst yn addo!' meddai Moc, yn ceisio'i orau i ddeall. 'Ond pam ddim jyst neud o, fel dw i wedi neud!'

'Ond mae'n rhaid i bobol addo rhoi pres cyn i ti…'

Doedd y sgwrs ddim yn mynd yn dda.

Ar y foment honno, daeth Ffion i mewn i'r stafell molchi gan gnocio'r drws wrth ddŵad i mewn.

'Moc, brysia! Ti wedi bod yn y toiled ers…' Yna stopiodd. A syllu. 'O mai God! Beth wyt ti wedi neud?'

'At asoch da! A nodi!' meddai Moc eto, gan wenu'n braf.

*

'Ti'n siŵr bod chdi ddim isio dŵad efo ni?' gofynnais i Ffion. 'Ddim hyd yn oed i gefnogi dy dad annwyl ar y stondin?'

---

crychu'r aeliau – *to knit one's brows*

'Dad, bydd pawb jyst yn gweld gwallt Moc yn ddoniol. Ymlacia!'

'Hmmm,' atebais. 'A fyddan nhw'n meddwl fy mod i'n rhiant ofnadwy!'

Chwerthin wnaeth Ffion. Roedd hi wedi bod mewn hwyliau gwell o lawer yn ddiweddar. Mae'n rhaid ei bod hi wedi setlo'n dda yn ei hysgol newydd, meddyliais, ac wedi gwneud ffrindiau, er doedd hi byth yn enwi llawer o neb. Ond o'n i'n siarad efo Dad am fy ffrindia ysgol i tybed? Ella ddim.

'Cofia bacio bag penwythnos i fynd i aros draw at Mam,' atgoffais hi. Diflannodd y wên.

'Oes rhaid i mi fynd? A fydd 'O' yna?' gofynnodd, gan gyfeirio at Vince.

'Oes. A dim syniad,' atebais yn onest. Do'n i ddim isio iddi hi ddechrau creu bwgan o'r peth yn ei meddwl, a finnau wedi addo i Siwsi y bydden nhw'n barod iddi eu casglu am wyth o'r gloch heno.

'Reit, well i mi weld ydy Vidal Sassoon yn barod,' meddwn, a mynd i waelod y grisiau i alw ar Moc.

★

Roedd yr ysgol yn edrych fel goleudy wrth i ni barcio'r car a cherdded i fyny'r stryd. Roedd yr hydref wedi gafael go iawn erbyn hyn, ac roedd hi'n amser troi'r cloc yn ôl awr wythnos nesa. Fel arfer, ro'n i'n eitha hoffi'r amser yma o'r flwyddyn, pan oedd hi'n dechrau nosi tua chwech, a phawb yn **swatio yn glyd** yn y tŷ efo mŵg mawr o goco neu goffi. Doedd Siwsi

---

| **swatio** – to snuggle | **yn glyd** – comfortably |

ddim o'r un farn, ac roedd hi'n arfer mynd yn flin pan oedd golau dydd yn pylu.

Prinhau hefyd wnaeth gwên y brifathrawes wrth iddi ein croesawu wrth y drws.

'Moc, beth yn y byd wyt ti wedi… ? Cael steil gwallt newydd wyt ti?'

'Asoch da,' atebodd Moc, a gollwng fy llaw wrth redeg i ymuno ag un o'i ffrindiau.

'Stori hir!' atebais, a cheisio gwenu. 'Mi fydd o'n iawn erbyn bore dydd Llun. Wir yr!'

'Diolch byth!' medda'r brifathrawes, a cheisio'n rhy galed i fod yn cŵl am yr holl beth.

Roedd neuadd yr ysgol yn dechrau llenwi'n barod, a'r stondinau wedi eu gosod allan yn smart. Roedd baner fawr ym mhen pella'r neuadd a'r geiriau 'CROESO I YSGOL PEN DYFFRYN' mewn llythrennau lliwgar.

Gallwn weld Alys ochr arall i'r stafell yn plygu i siarad efo bachgen oedd efo'r un lliw gwallt â hi ac yn gwisgo crys pêl-droed coch. Joe oedd hwn mae'n rhaid.

Cyn i mi gael cyfle i gymryd fy ngwynt, roedd Vogue a'i chlipfwrdd wrth fy ymyl, a'i cholur yn fwy dramatig nag arfer.

'Reit, Rob. Ti'n iawn?'

'Grêt!'

Grêt, meddyliais. Does 'na ddim byd faswn i isio gwneud yn fwy ar nos Wener na bod mewn neuadd ysgol efo plant **sgrechlyd** a rhieni gwaeth byth!

'Dw i wedi rhoi chdi ar y stondin Ble mae Doti wedi Dodwy? os ydy hynna'n iawn?'

'Ble mae Doti wedi dodwy? Swnio'n berffaith!' dwedais, er

---

sgrechlyd – *screaming (adjective)*

doedd gen i ddim syniad am beth roedd Vogue yn siarad.

Erbyn gweld, roedd syniad y stondin yn un reit dda. Roedd rhywun wedi dŵad â thegan meddal o iâr (hon oedd 'Doti' felly!) ac roedd wyau (plastig wrth lwc!) mewn basged fach wrth ymyl Doti'r iâr. O flaen hynny wedyn roedd llun mawr o fuarth fferm, a grid wedi cael ei lunio mewn beiro ar ben y llun. Roedd Doti wedi bod yn dodwy un wy o gwmpas y buarth. Y gamp oedd ceisio dyfalu ble roedd Doti wedi dodwy, am 50c y tro. Y wobr oedd £5 a chael mynd â Doti'r iâr adre. Mi faswn i'n talu £5 i beidio mynd â Doti adre, ond dyna ni. **Pawb at y peth y bo**, fel roedd Anti Harriet yn arfer dweud.

Ac roedd hon yn stondin fach neis, chwarae teg. O leia do'n i ddim yn gorfod stiwardio'r pwll padlo bach ym mhen arall y neuadd fel Alan, lle roedd Moc a phlant bach brwdfrydig eraill yn ceisio pysgota am grancod a physgod plastig!

Roedd Doti a'i hwyau yn nefoedd i gymharu efo hynny!

Beth fasai'n medru **mynd o'i le?**

---

pawb at y peth y bo – *each to his own*

mynd o'i le – *to go wrong*

9

Roedd arferion dodwy Doti'r iâr yn boblogaidd iawn efo cwsmeriaid y ffair ysgol. Ar ôl awr roedd pob sgwâr bach ar grid y buarth wedi cael ei lenwi efo enw a rhif ffôn, a sawl un bach yn edrych gyda chariad ar Doti wrth adael y stondin, yn llawn hyder mai nhw fyddai'n mynd â hi adre'r noson honno. Roedd yr holl beth yn eitha ciwt, a dweud y gwir.

'Wyt ti'n gwybod 'ta?'

Ro'n i â fy mhen i lawr ac yn syllu ar y grid, gan feddwl tybed lle'n union roedd Doti wedi bod, a gan bwy oedd yr ateb! Codais fy mhen o nabod llais Alys.

'Gwybod be?'

'Ble mae wy Doti, 'de! Dw i'n meddwl bod gen i fwlch siâp Doti ar un o'n silffoedd adra.'

'Mae'n ddrwg gen i dy siomi di,' meddwn i, gan geisio peidio meddwl pryd wnes i ddeud hynny wrthi o'r blaen, flynyddoedd yn ôl. 'Ond mae pob sgwâr wedi cael ei werthu!'

'Do?' meddai Alys, a chrychu'i thalcen am eiliad, yn y ffordd roedd hi'n arfer gwneud ers talwm. Roedd hynny'n un o'r pethau ro'n i wrth fy modd yn ei gweld hi'n gwneud – roedd hi'n edrych mor ciwt. Dyna'r gair yna eto! Ciwt! Beth oedd yn digwydd i mi?

'Mi fedra i drefnu ymweliad efo hi, os leci di! Dibynnu pwy sy'n ennill, wrth gwrs!'

'Mi fasai hynny'n grêt!' meddai hithau dan chwerthin.

'Gad o efo fi,' meddwn, a gwenu'n ôl arni. Iesgob, roedd hi'n ddel.

'Wel, mae hon yn dipyn mwy difyr na stondin Taro'r Daten. Ar honno dw i,' meddai hi wedyn.

'Taro'r daten?'

'Ia, rhyw fersiwn llysieuol o Splat the Rat. Wnes i wrthod bod ar stondin efo enw felly. Felly ta-raaa! Taro'r daten ydy hi!'

'Enw da! Ers pryd ti'n llysieuwraig?'

Roedd cymaint do'n i ddim yn gwybod amdani, cymaint o flynyddoedd wedi pasio. Ond cyn iddi gael cyfle i ateb, clywais sgrech. Ac ro'n i'n nabod perchennog y sgrech honno'n iawn. Moc!

Erbyn i mi gyrraedd y pwll padlo, roedd cylch o rieni ac athrawon a phlant wedi ymgasglu, ac roedd Moc yn eu canol yn rhywle.

'Moc!' gwaeddais. 'Mae Dad yma!'

Rhannodd y criw er mwyn gwneud lle i mi fynd drwodd. A dyna lle roedd Moc druan, yn eistedd ar y llawr, a gwaed yn **pistyllio** o'i ben.

'Syrthio... syrthio wnaeth o... ar y llawr,' meddai Alan, a'i wyneb yn wyn, yn amlwg wedi dychryn.

'Llith-llithro, Rob!' meddai Moc, gan **igian crio**, ac estyn ei freichiau allan amdana i. Mi es ar fy ngliniau a chymryd Moc yn fy mreichiau. Roedd ei wallt pigog blêr yn glynu at ei dalcen, ac ambell **gudyn** yn goch gan waed. **Duw a ŵyr** ble roedd ei sbectol. Rhoddodd ei ben bach ar fy ysgwydd. Edrychais yn fwy manwl ar y **briw**. Roedd o'n edrych yn waeth nag oedd o, diolch byth.

pistyllio – *to spurt*	**igian crio** – *to sob convulsively*
cudyn – *lock (of hair)*	**Duw a ŵyr** – *God knows*
briw – *wound*	

Y funud nesa, roedd y brifathrawes yn hel pawb arall oddi yno, er mwyn i'r ffair fedru cario mlaen.

'Mae'n wir ddrwg gen i, Mr Phillips,' meddai, gan edrych ar y llawr gwlyb o gwmpas y pwll padlo, a'r geiriau 'Iechyd a Diogelwch' yn cuddio dan ei llais. 'Dw i ddim yn siŵr beth sydd wedi digwydd yn fan'ma, ond mi **a' i at wraidd y peth**, peidiwch â phoeni!'

''Dan ni am fynd adra, dw i'n meddwl,' meddwn. 'Ia, Moc?'

Nodiodd Moc, a holl hwyl a sbri'r ffair wedi diflannu.

'Ga' i Pig in Bank, Rob?' gofynnodd. Cael reid ar fy nghefn oedd hoff beth Moc yn y byd, bron. Nid rŵan oedd yr amser i ddweud na.

'Cei, boi bach. Wrth gwrs gei di. Yn ofalus, iawn?'

A dringodd i fyny ar fy nghefn a gafael yn dynn o gwmpas fy ngwddw wrth i ni gerdded o'r ysgol ac allan i'r nos.

---

mynd at wraidd y peth – *to get to the root of it*

10

'Ydy o'n **bopa** mawr, Rob?' gofynnodd Moc, wrth iddo eistedd ar ei gadair yn y gegin.

Ro'n i newydd orffen socian gwlân cotwm mewn dŵr er mwyn glanhau'r rhan fwya o'r gwaed oddi ar ei dalcen a'i wallt. Doedd yr hen Moc ddim yn edrych ar ei orau, rhwng y briw a'r gwaed a'r gwallt pigog wedi ei dorri efo siswrn! Gwisgai'r sbectol yn gam ar ei drwyn.

Eisteddodd Ffion gerllaw, yn edrych ar y driniaeth, ac yn gafael yn llaw Moc y claf.

'Mi fyddi di'n edrych yn iawn ar ôl cael y plaster Harry Potter yma, Moc,' meddwn, gan osod y plaster yn ofalus ar y briw.

'Cŵl!' meddai Ffion a gwenu arno. Gwenodd Moc yn ôl.

Yna daeth sŵn car y tu allan. Siwsi! Ac roedd hi'n gynnar. Damiais. Cododd Ffion o'i chadair. Roedd hi wedi bod yn annwyl iawn ar ôl gweld Moc, ac wedi mynd i nôl paced o greision iddo. Ro'n i'n falch o'i chefnogaeth.

'Pwy sy 'na?' gofynnodd Moc. 'Mam ydy honna?'

'Ia, mae'n gynnar. Ydy dy bethau di'n barod?' gofynnais, gan ddechrau rhoi'r plaster yn dyner ar groen talcen Moc.

'Wnest ti ddim ffonio i **ohirio**?' gofynnodd Ffion, a'i llais yn dechrau codi. 'Wnest ti ddim ffonio Mam i ddweud be sydd wedi digwydd i Moc?'

'Ches i ddim cyfle, Ffion… ' dechreuais, ond roedd hi'n rhy hwyr. **Trodd ar ei sawdl** a mynd allan o'r stafell ac i fyny'r grisiau i'w llofft.

---

popa / popo – *wound (child's talk)*   **gohirio** – *to postpone*

troi ar ei sawdl – *to turn on his / her heels*

'Blin!' meddai Moc, fel hen ddyn oedd wedi gweld pob dim.

Ar ôl cnoc fechan, agorodd y drws a daeth Siwsi i mewn i'r gegin o'r tu allan. Roedd hi'n dal yn gwisgo ei siwt gwaith smart, a'i sodlau uchel yn clecian ar y teils ar lawr y gegin wrth iddi gerdded.

'Blwmin hec, does dim lot o bwynt cael Sat Nav yn y lle 'ma, nag oes? Dydy o'n da i ddim yng nghanol nunlle fel hyn,' dechreuodd, ac yna gwelodd Moc.

'Be ddiawl?!' gwaeddodd.

'Yli, fedra i esbonio. Dydy o ddim mor ddrwg â mae o'n edrych.'

''Nes i **lithro** ar y llawr gwlyb gwlyb yn y ffair!' meddai Moc, yn dechrau gweld ei hun yn dipyn o arwr erbyn hyn. 'Roedd 'na waed dros bob man a phawb wedi dychryn, doedd, Rob?'

'Paid â galw Rob ar dy dad, Moc,' meddwn yn ddistaw, gan wybod yn iawn fy mod i mewn cornel go iawn. 'A phaid â **gorliwio** pethau, ia?'

'Beth ydy gor…?' dechreuodd Moc, ond gwelodd wrth fy wyneb nad o'n i mewn hwyliau i roi gwersi geirfa iddo.

'Wyt ti'n siwr bod chdi'n iawn i ddŵad adra efo fi?' gofynnodd Siwsi i Moc. 'Ma Vince a fi wedi trefnu lot o bethau cyffrous i ni wneud, ond mae rhaid bod chdi'n iawn neu fedri di ddim dal i fyny!'

Aeth hyn at fy nghalon. Gwnes benderfyniad yr eiliad honno.

'Mi fasai'n well i Moc aros adra dw i'n meddwl, oherwydd beth sydd wedi digwydd.'

Be ddiawl? – *What on earth?*	**llithro** – *to slip / slide*
gorliwio – *to exaggerate (lit. to over-colour)*	

'Ond rwyt ti newydd ddweud bod o'n edrych yn waeth nag ydy o!' meddai Siwsi.

'Gwell i mi gadw llygad arno adra, dw i'n meddwl. Tydy anaf pen ddim yn rhywbeth i'w gymryd yn ysgafn.'

'Wel, nac ydy. Ti'n iawn,' atebodd Siwsi yn syth. 'Gei di ddŵad adra efo Mam rhyw dro eto, iawn, Moc?' Gwenodd arno. Ai fi oedd yn dychmygu bod Siwsi yn teimlo rhyddhad? Doedd hi erioed wedi bod yn llawer o nyrs!

'Ar ôl i'r popa pen wella, ia, Mam?' meddai. Fedrwn i ddim peidio meddwl bod Moc hefyd yn teimlo'r un rhyddhad!

'Wel, dw i ddim yn mynd heb Moc!' meddai llais Ffion. Roedd hi wedi bod yn gwrando ar y cyfan yn y cyntedd, ac roedd hi rŵan yn sefyll yn ffrâm y drws, yn edrych arnon ni.

'Ffion…' dechreuais.

'O, wyt, mi wyt ti, Madam!' meddai Siwsi, a'i hamynedd yn diflannu wrth yr eiliad. 'Dw i ddim wedi dŵad yr holl ffordd i ganol nunlle fel hyn am ddim byd! Dw i wedi gorfod gadael fy ngwaith awr yn gynnar i mi fedru dŵad yma i'ch nôl chi. Dw i ddim wedi dŵad yma i wastraffu amser!'

Roedd hi'n gwneud i Ffion swnio fel rhyw fagiaid o **nwyddau** roedd hi wedi dŵad i'w gasglu, meddyliais. Ers pryd roedd Siwsi yn gymaint o **hen ast**?

'Well i ti fynd rŵan 'ta, Mam! Rhag i ti wastraffu mwy o amser!' atebodd Ffion yn ôl, fel bwled. Roedd mwy na thipyn o'r fam yn y ferch, meddyliais.

'Well i ti fynd, Ffion,' meddais yn ddistaw. 'Mae dy fam wedi dŵad yma'r holl ffordd…'

Syllodd Ffion ar Siwsi heb ddweud gair am rai eiliadau. Roedd amynedd Siwsi yn dechrau diflannu.

---

nwyddau – *goods* **hen ast** – *old bitch*

'Bob yn ail wythnos, dyna drefnon ni. A dw i'n cadw fy ochr i o'r fargen,' meddai Siwsi. Doedd hi ddim yn glir at bwy oedd hi'n cyfeirio ei geiriau.

'Dim ond tan nos fory, ia?' meddai Ffion. Roedd Siwsi wedi apelio at synnwyr tegwch Ffion, oedd wedi bod yn **nodwedd** ganddi ers iddi fod yn ferch fach.

'Fyddi di'n ôl yma erbyn tua chwech, dim problem,' meddai Siwsi. 'Mae Vince a fi'n mynd allan gyda'r nos, beth bynnag.'

'Bargen!' meddai Moc, ond ddwedodd neb air am ychydig.

'Dos i nôl dy fag, ia, Ffi?' awgrymais wrth Ffion.

Ar ôl eiliadau oedd yn teimlo'n llawer hirach, trodd Ffion a cherdded i gyfeiriad ei stafell. Clywais sŵn ei thraed yn drwm ar y grisiau.

Moc dorrodd ar y distawrwydd.

'Wyt ti isio gweld fy eliffantod newydd i, Mam?' meddai, yn wên i gyd.

'Tro nesa, ia, Moc?' meddai Siwsi, gan geisio gwenu'n ôl cyn troi ac edrych arna i fel tasai hi eisiau i eliffant mawr trwm eistedd arna i!

---

nodwedd – *trait*

11

Mi fasat ti'n meddwl basai Moc wedi blino'n lân ar ôl syrcas y ffair ysgol, a'r anaf i'w ben. Ond roedd o'n benderfynol o beidio mynd i'w wely ar ôl iddo gael ei hoff swper o fysedd pysgod, sglodion a ffa pob. Cafodd egni newydd o rywle, ac roedd o'n dal i **siarad fel melin bupur** fel arfer.

Ro'n i'n gwybod bod anaf ar y pen yn medru bod yn ddifrifol, felly ro'n i'n ofalus i edrych am unrhyw arwyddion o *concussion*. Ond wrth lwc, heblaw am **glais** piws oedd yn tyfu fel cwmwl ar ei dalcen o dan y plaster, roedd Moc yn rêl boi.

Cytunodd i beidio mynd ar y trampolîn bach ro'n i wedi ei osod yn y stafell haul y diwrnod cynt. Yn hytrach, eisteddodd **yn fodlon ei fyd** yn ei byjamas ar y soffa efo fi ac ailwylio ei hoff raglenni ar S4C. Ro'n i'n eitha hoff o raglenni Cyw, a deud y gwir. Roedd hi'n braf cael dianc i fyd oedd yn heulog ac yn hapus. Dechreuodd fy meddwl grwydro at y sgwrs ro'n i wedi'i chael efo Alys ychydig oriau ynghynt. Doedd dim rhaid iddi ddŵad draw ata i a Doti'r iâr i gael sgwrs, nag oedd! O'n i wedi dychmygu'r peth, neu oedd hi'n fflyrtio efo fi?

Erbyn hyn, roedd Moc yn pwyso arna i, a'i ben bach yn drwm ar fy mrest. Clywais ei anadl yn arafu, ac yn amlwg roedd o **ar fin** syrthio i gysgu os nad oedd o'n cysgu'n barod.

Rhwng sŵn y teledu, meddwl am Alys ac anadlu trwm Moc, wnes i ddim sylwi bod rhywun yn cnocio ar y drws i ddechrau.

---

siarad fel melin bupur – *to talk a lot (lit. like a peppermill)*	
clais – *bruise*	**yn fodlon ei fyd** – *contented*
ar fin – *about to (do something)*	

Dim ond ar ôl i'r cnocio fynd yn uwch wnes i neidio.

Deffrodd Moc bach yn syth wrth i mi neidio i fyny, a dylyfu gên yn swnllyd, gan setlo i lawr yn ôl yn syth. Rhoddais flanced drosto ar y soffa. Symudais yn ofalus at y drws, gan deimlo'n flin efo pwy bynnag oedd wedi dod i'r tŷ mor hwyr ac yn cnocio mor swnllyd.

Agorais y drws fymryn. Yno safai Vogue, mewn côt ffwr fer, yn gafael mewn potel o siampên. Roedd ei chlustlysau sêr yn symud yn yr awel oer. Be ddiawl?!

'Helô! Dim ond galw'n sydyn!'

Sefais am eiliad yn syllu arni. Yna dechreuodd Vogue stampio'i thraed i ddangos ei bod yn oer.

'Hei, ga' i ddŵad i mewn? Dw i'n crynu allan fan'ma!'

'Yyy, ia, iawn,' atebais.

Agorais y drws led y pen, ond heb ddangos llawer o groeso. Camodd i mewn ac edrych o'i chwmpas, gan esgus peidio. Cododd y botel a'i hysgwyd o flaen fy llygaid, gan wenu eto.

'Rwyt ti wedi ennill raffl! Da 'de! Sut ma'r dyn bach?'

'Newydd syrthio i gysgu!' sibrydais. 'Dw i ddim isio ei ddeffro fo, felly...'

'Oooo 'ngwash i! Ciwt ydy o, 'de! Fatha'i dad!' meddai gyda winc, gan symud i mewn i'r gegin a rhoi'r botel ar y bwrdd.

'Dydy o ddim yn siampên go iawn! Ond mae'n bybli ac mae'n alcoholig, felly hynna sy'n bwysig, 'de!'

Mae'n rhaid fod fy wyneb wedi dangos nad o'n i'n hapus iawn efo'r sefyllfa, ac meddai,

'O na! Ti ddim yn *teetotal* nag wyt? Neu'n ofnadwy o **grefyddol** neu rywbeth! O, God, sa hynna'n embaras, basa!'

---

crefyddol – *religious*

'Nac ydw. Yyy, diolch, V—, Trish,' dechreuais, gan longyfarch fy hun am beidio ei galw'n Vogue! 'Dw i jyst... mae Moc wedi blino a dw i...'

'Dallt yn iawn os ti isio mynd â fo i fyny i'w wely, bechod. Mae Teilo wedi crashio allan ar y soffa gen i hefyd, ond bydd o'n flin fel **cacwn** os dw i'n deffro fo, felly geith o aros yna tan y bore! Mam sy'n gwarchod, felly dw i wedi dweud wrthi am beidio'i styrbio fo, os ydy hi'n gwybod beth sy'n dda iddi!'

Nodiais, a symud o'r gegin draw i'r lolfa. Dilynodd Vogue fi, ac edrych i lawr ar Moc bach dan wenu.

'Ooooo, sbia del! Dos di â fo i fyny, Rob. Wna i aros yn fan'ma amdana chdi.'

Suddodd fy nghalon. Doedd Vogue ddim yn dda iawn am gymryd *hint*, mae'n amlwg.

Cariais Moc bach yn ofalus fel trysor i fyny'r grisiau a'i osod yn ei wely, gan dynnu'r dwfe drosto. Efo lwc mi fydd yn cysgu'n sownd tan y bore, a rhoi cyfle i'w gorff ddod ato ei hun. Efo rhyw lwc hefyd, mi faswn i yn fy ngwely o fewn yr awr. Ond roedd yn rhaid i'r ymwelydd lawr grisiau fynd adra gynta, meddyliais, gydag ochenaid. Fydd hynny ddim yn hir, siawns.

Pan ddes i'n ôl i mewn i'r lolfa, roedd Vogue wedi gwneud ei hun yn gyfforddus ar y soffa. Roedd dau wydraid o win gwag ar y bwrdd coffi, a'r botel wedi ei hagor.

'Gobeithio bod chdi ddim yn meindio. Ges i hyd i ddau wydr gwin yn diwedd! Rwyt ti a fi'n edrych fel tasan ni angen rhywbeth cryfach na the ar ôl heno!'

'Wel, ocê,' meddais, ond a deud y gwir, ro'n i YN meindio! Pa hawl oedd ganddi hi i edrych drwy bob cwpwrdd a helpu ei hun i fy ngwobr raffl!

---

cacwn – *bee*

Dechreuodd **dywallt** y 'siampên' i mewn i'r gwydrau.

'Oedd y ffair yn llwyddiant? Wnaethoch chi godi lot o bres?' gofynnais, er mwyn dweud rhywbeth.

'Do, dw i'n meddwl! Roedd criw da yna, toedd? Chwarae teg, mae pobol y pentre'n dda am gefnogi, jyst bod neb isio dechrau trefnu! Mae o lawr i *muggins* yn fan'ma fel arfer!' meddai gyda gwên, gan setlo'n ôl ar y soffa.

Doedd *"muggins"* ddim yn rhoi cyfle i neb arall, roedd hynny'n nes at y gwir, meddyliais, gan gymryd sip o'r ddiod. Roedd o'n blasu fel dŵr golchi llestri.

'Pwy enillodd Doti'r iâr?' gofynnais, a meddwl am Alys.

'Be? O, does gen i ddim syniad. Basai rhaid i mi edrych ar y rhestr! Ond ro'n i isio dŵad â hwn i chdi heno, 'de. O'n i mor falch bod chdi wedi ennill, ar ôl pob dim efo Moc!'

'Diolch. Ond fasa fo wedi bod yn iawn bore dydd Llun, sti,' meddais. Be faswn i'n licio bod wedi ddweud oedd: 'Dos adra rŵan, dos yn ôl i dy dŷ a rho lonydd i mi!'

'Ro'n i isio gofyn i chdi hefyd, sut wyt ti'n dŵad i ben efo'r dadbacio a'r sortio? Ro'n i'n arfer glanhau i Anti Harriet, sti. Oeddat ti'n gwybod hynny? Dŵad i mewn unwaith yr wythnos a glanhau ychydig a rhoi trefn ar bethau iddi hi. Wnaeth hi ddim sôn?'

'Naddo.'

'Rhyfedd. Roedden ni'n fêts mawr, Harriet a fi, yn dallt ein gilydd, ti'n gwybod?'

Cyn i mi gael cyfle i wneud rhyw fath o ateb, daeth cnoc arall ar y drws. Pwy ddiawl oedd yno rŵan?! Pwy bynnag ddywedodd wrtha i y gallai byw yn y wlad fod yn unig, doedd ganddyn nhw ddim syniad! Roedd hi fel Piccadilly Circus yma!

---

tywallt / arllwys – *to pour*

'Sgiwsia fi!' meddais yn swta. 'Mae'n well i mi ateb.'

'Dim probs!' meddai Vogue, gan gymryd dracht arall o'i diod.

Agorais y drws am yr ail waith y noson honno, a gweld Alys yn sefyll yno, a'i hwd yn dynn dros ei phen rhag yr oerni. Roedd ganddi sgarff liw emrallt wedi ei chlymu'n dynn o gwmpas ei gwddw, ac roedd yna **gyrlen** gopr wedi dianc o'r hwd. Edrychai'n ffantastig.

'Haia, Rob. Sori i alw mor hwyr, a wna i ddim aros, ro'n i jyst isio holi sut oedd… Moc…'

Syrthiodd ei hwyneb a diflannodd ei geiriau wrth iddi edrych i mewn i'r gegin. Troais a gweld Vogue yn sefyll yno, fel tasai bia'r lle, a gwydryn hanner llawn yn ei llaw.

'Haia, Alys! Ti'n iawn? Gymri di lasiad bach o win efo ni?'

Troais yn ôl at Alys, ac edrychodd y ddau ohonon ni i lygaid ein gilydd am foment.

'Alys, dydy o ddim…'

'Na, mae'n iawn!' meddai. 'Faswn i ddim yn licio styrbio'ch noson fach neis chi! Sori, dylwn i fod wedi jyst…'

Ac yna, gan edrych i fyw fy llygaid unwaith eto, trodd ar ei sawdl a diflannu i'r nos.

'Wps! *Awkward*?!' meddai llais Vogue o'r tu cefn i mi wrth i mi gau y drws. Roedd yn amlwg o'i llais ei bod yn gwenu.

---

cyrlen – *small curl*

12

Arhosodd Vogue ddim yn hir wedyn. Roedd gweld Alys yn y drws wedi rhoi'r hyder i mi ddweud wrth Vogue fy mod i wedi blino'n lân, ac y basai'n well iddi fynd. Roedd hi'n llawn **cydymdeimlad**, ac yn dweud eto bod damwain Moc yn siŵr o fod wedi cael effaith arna i. Mi wnes i gytuno.

Piciais i mewn i stafell wely Moc cyn mynd i fy ngwely. Roedd o'n chwyrnu'n braf, ac yn cydio'n dynn yn yr eliffant melyn brynodd Ffion iddo ar ei ben-blwydd yn bedair oed, a'r plaster i'w weld ar ei ben o'r golau yn y cyntedd.

Er fy mod i wedi ymlâdd, wnes i ddim syrthio i gysgu'n syth. Roedd fy meddwl yn troi fel peiriant golchi. Neu fel plentyn pum mlwydd oed yn rhedeg rownd a rownd neuadd ysgol ar lawr gwlyb... Ond roedd rhywbeth arall ar fy meddwl heno hefyd. Pam oedd Alys wedi galw eto i fy ngweld i? Roedd hi'n amlwg yn poeni am Moc, ond pam mynd i'r drafferth dod yr holl ffordd i fyny'r dyffryn i alw draw i holi? Pam?

Druan ag Alys! Roedd yn hollol amlwg beth oedd hi'n meddwl oedd yn mynd ymlaen! A wnaeth blincin Vogue ddim ei chywiro na dim byd. Bron iawn ei bod yn mwynhau'r holl gamddealltwriaeth!

Penderfynais y baswn yn cysylltu efo Alys dros y penwythnos, i geisio egluro iddi ei bod wedi camddeall y sefyllfa. Do'n i ddim eisiau iddi hi, na neb arall, feddwl bod Vogue a fi'n eitem!

*

---

cydymdeimlad – *sympathy*

Deffrais oriau lawer yn ddiweddarach efo'r haul yn gwenu arna i drwy'r ffenest. Ro'n i wedi mynd i'r gwely heb gau'r llenni, felly roedd yr holl stafell yn llawn golau.

Pwysais yn ôl ar y gobennydd am rai eiliadau, cyn cofio beth oedd wedi digwydd y noson cynt. Moc!

Agorais ddrws ei stafell yn araf – do'n i ddim eisiau ei ddeffro os oedd o'n dal i gysgu. Ond doedd o ddim yn ei wely! Rhedais i lawr y grisiau ar gyflymder y basai Usain Bolt yn falch ohono!

Yr oglau llosgi wnaeth fy nharo gynta.

A dyna lle'r oedd Moc yn eistedd fel hen ddyn bach wrth y bwrdd yn y gegin efo'r plaster mawr ar ei ben, a'i sbectol yn sgi-wiff. Roedd o'n cnoi ar ddarn o dost yn braf. Ar y plât o'i flaen roedd mynydd du o ddarnau tost wedi llosgi.

'Bore da, Rob! Dw i wedi gwneud brecwast fy hun!' meddai, gan wenu.

'Da iawn chdi, Moc! Ti'n hogyn clyfar! Wnawn ni agor y ffenest ychydig, ia? I gael tipyn o awyr iach!'

'Iawn.'

'Sut mae'r pen bore 'ma?'

'Mae gen i lwmp!' meddai'n falch, gan godi ei wallt a dangos lwmp fel wy oedd wedi tyfu ar ei dalcen.

'Ooo, Moc bach. Ydy o'n brifo?'

'Ydy. Ond dim llawer!' meddai, gan gymryd brathiad arall o'i dost du a chnoi yn hapus braf eto.

'Does gen ti ddim cur yn dy ben na dim byd felly, nag oes?'

'Na, dw i'n iawn!' meddai.

Wrth i mi groesi'r gegin at y ffenest, clywais sŵn rhyfedd yn dod o'r tegell newydd.

'Chdi sydd wedi rhoi'r tegell ymlaen, Moc?' gofynnais. Roedd hyn eto yn rhywbeth newydd.

'Ia, dw i isio gwneud panad i chdi a fi!' meddai. 'Te.'

'Ers pryd wyt ti'n yfed te, Moc?' gofynnais. Roedd y tegell wedi berwi, ac agorais y caead yn sydyn i edrych beth oedd yn gwneud y sŵn rhyfedd. Do'n i ddim isio gorfod prynu tegell newydd sbon eto!

'Dw i am ddechrau yfed te heddiw. Dw i'n teimlo fy mod i'n ddigon hen rŵan,' meddai yn ddifrifol.

Ar ôl rhai eiliadau wedi i'r stêm glirio, gwelais rywbeth du yng ngwaelod y tegell.

'Moc...'

Wedi pysgota yn y tegell efo llwy, codais ddau fag te o'r gwaelod.

'Dw i'n glyfar, tydw, Rob?'

'Wyt, wir. Clyfar iawn, Rob. Gawn ni baned o de. Ond tro nesa, tria roi'r bagia te yn y tebot, ia? Nid yn y tegell.'

'Pam?' gofynnodd, a'i ben ar un ochr.

'Dw i ddim yn siŵr iawn, Moc bach,' dywedais ar ôl eiliad. 'Ond well i ti wneud hynna tro nesa.'

Wedi tywallt panad o de bob un i ni allan o'r dŵr brown o'r tegell, eisteddais wrth ochr Moc wrth y bwrdd.

'Iawn, gawn ni ddiwrnod bach distaw adra heddiw, ia, Moc? Gwylio ffilm ar y teledu, gwneud jig-so...'

'Mae hi'n braf. Dw i isio mynd allan!' atebodd.

Ella fasai awyr iach yn gwneud **byd o les** iddo, meddyliais. A rhaid i mi ddweud, do'n i ddim yn ffansïo dechrau ar unrhyw waith oedd angen ei wneud ar y tŷ. Ddim eto. Ddim ar ôl neithiwr.

'Wyt ti isio mynd allan i'r ardd ar ôl brecwast, Moc?'

---

byd o les – *the world of good*

'*Yessss!* Gawn ni wneud coel... coelceff? Erbyn noson Guto Ffowc?'

'**Coelcerth**, Moc. Wel, ella fedran ni ddechrau hel pethau yn yr ardd yn barod.'

Basai coelcerth yn ffordd dda o roi ychydig o drefn ar yr ardd cyn y gaeaf. Do'n i ddim wedi bod i'r ardd o gwbwl bron ers i ni symud i mewn, a fedrwn i ddim peidio sylwi bod yna lawer o frigau a dail o gwmpas y lle, ac ambell focs ym mhen draw'r ardd o dan y clawdd.

Awr yn ddiweddarach, roedd Moc a fi yn gwisgo cotiau cynnes a welingtyns ac wrthi'n dechrau adeiladu ein coelcerth.

'Os fedri di gasglu'r dail a'r priciau bach, basa hynna'n grêt, Moc,' dywedais, wrth weld Moc yn dechrau tynnu ar frigyn mawr trwm er mwyn ei lusgo tuag at lle fasai'r goelcerth. 'Well i ti beidio gwneud gormod, efo'r lwmp yna ar dy ben.'

Cytunodd, wrth lwc.

A dyna lle buon ni'n dau, yn ddau arddwr **o fri,** yn cael trefn ar yr ardd, ac yn sgwrsio wrth wneud. Roedd ias yn yr awel, ond doedd hi ddim wedi dechrau oeri'n iawn eto. Ro'n i wrth fy modd efo'r hydref, a'r coed yn bwrw dail ar y llawr, yn reiat o liwiau bendigedig.

Aeth awr arall heibio cyn i Moc ddechrau dweud ei fod wedi blino.

'Mae hi bron yn amser cinio, boi,' meddais. 'Awn ni i mewn, ia? Be faset ti'n licio i ginio?'

Ond cyn i Moc gael cyfle i ateb, agorodd drws cefn y tŷ, a cherddodd Siwsi aton ni, yn brasgamu'n hyderus ar draws yr ardd. Sylwais bod Ffion yn sefyll yn y drws cefn, a golwg blin arni.

---

coelcerth – *bonfire*   **o fri** – *renowned*

'Yn fan'ma dach chi!' meddai Siwsi, a'i hwyneb fel taran. 'Dw i wedi bod yn cnocio ar y drws ers chwarter awr!'

'Ond, do'n i ddim yn disgwyl chi'n ôl mor gynnar,' dechreuais. 'Ydy pob dim yn... iawn?'

'Gofynna i Madam!' meddai Siwsi a thaflu golwg **ddirmygus** ar ei merch. 'Tydy hi wedi gwneud dim byd ond cwyno ei bod hi isio dŵad yn ôl i fan'ma ers i ni gyrraedd! Roedd Vince wedi cael llond bol efo hi!'

Mi wnes fy ngorau glas i beidio gwenu, wir!

'Dwn i ddim pam rwyt ti'n gwenu, Rob!' atebodd Siwsi fel bwled.

'Wyt ti isio i mi wneud panad i chdi, Mam? Dw i'n medru rŵan, tydw, Rob?' meddai Moc, gan roi ei law ar ei glun fel hen ffarmwr!

---

dirmygus – *scornful*

13

Mi wnes i berswadio Moc i adael i mi wneud y baned, ac ymhen chwarter awr roedd pawb ond Ffion yn eistedd o amgylch bwrdd y gegin, fel y Waltons! Ond doedd dim byd cysurus am y sgwrs.

'Dylet ti fod wedi cadw Moc yn y tŷ efo'r anaf yna ar ei ben, Rob,' meddai Siwsi, gan roi ei chwpan i lawr ac estyn am fisged. Mae'n rhaid fod o'n greisis, meddyliais. Mae Siwsi mor ofalus o'i deiet fel arfer!

'Ro'n i'n cadw llygad arno,' atebais. 'Ac mi wnaeth tipyn o awyr iach fyd o les iddo fo. I'r ddau ohonon ni.'

'Ga' i fynd rŵan?' gofynnodd Moc. 'Dw i isio meddwl am y byd.'

'Iawn, boi,' atebais. 'A chofia ddweud wrtha i os wyt ti'n meddwl am ateb!'

Ac i ffwrdd â fo, gan adael Siwsi a minnau ar ben ein hunain am y tro cynta ers misoedd.

'Mae Ffion wedi bod mor anodd, sti!' meddai hi eto, ac edrych i fy llygaid.

'Mae Ffion yn ei harddegau. Dyna mae genod yn eu harddegau yn ei wneud orau, bod yn anodd,' atebais.

'Ia, ella. O'n i fel'na? Dw i ddim yn cofio!'

'A dw inna ddim yn gwybod. Do'n i ddim yn dy nabod di adeg hynny. Diolch byth!'

Edrychodd Siwsi arna i, heb ddeall yn iawn os o'n i'n tynnu coes ai peidio.

'Yli, Siwsi, mae hi'n iawn, dw i'n siŵr, sti. Tydy pethau ddim wedi bod yn hawdd iddi… rhwng pob dim.'

'O, yr ysgariad ti'n sôn amdano rŵan, ia? Ti'n trio gwneud i mi deimlo'n ddrwg!'

'Wel, mae hynny'n ffactor, mae'n siŵr, tydy? Ond dw i ddim isio gwneud i ti deimlo'n ddrwg, Siwsi. Mae petha wedi mynd yn rhy bell i hynny.'

Eisteddodd y ddau ohonan ni heb ddweud mwy am ychydig.

'Ond mae hi wedi setlo yn iawn yn yr ysgol, o be dw i'n gweld. Mae'n licio ei stafell wely…'

'Diolch byth, a hithau'n treulio cymaint o amser ynddi hi!' meddai Siwsi, a gwenodd y ddau ohonon ni ar ein gilydd.

'Mae hi'n dawelach na mae hi wedi bod, dw i'n cytuno. Ond mi gadwa i lygad arni, paid ti â phoeni.'

'A tria ddeud wrthi am beidio bod ar ei ffôn drwy'r amser! Ar y WhatsApp neu beth bynnag mae hi arno fo. Mae ei phen yn sownd ynddo fo!'

'Dria i fy ngora!'

Nodiodd Siwsi ei phen a chymryd sip arall o'i phaned.

Yna ces i syniad. Syniad arbennig o dda, a dweud y gwir, oedd yn agos at fod yn brênwêf!

'Pryd wyt ti'n gorfod mynd, Siwsi?'

'Wel, ddudes i wrth Vince faswn i ddim yn rhy —'

Vince. Pam oedd yn rhaid i hwnnw wthio ei hun i mewn i'r sgwrs!

'O, ia, dach chi'n mynd allan heno. Dw i'n cofio rŵan,' atebais.

'Pam wyt ti'n gofyn?' meddai.

'Wel, dw i ddim yn licio meddwl am Moc yn mynd yn ôl i'r ysgol dydd Llun efo'r gwallt **igam ogam** yna, fel tasai wedi cymryd siswrn ato ei hun.'

---

igam ogam – *crooked*

'Ond dyna'n union…' Stopiodd Siwsi. 'A iawn. Dallt.'

'A dw i ddim isio mynd i'r dre i fynd â fo at y barbwr yn y pentre os fedra i beidio. Dw i ofn iddyn nhw beidio bod yn ddigon gofalus o'r lwmp ar ei ben,' atebais.

'Ia?'

'Wel, meddwl o'n i, tybed ydy'r siswrn torri gwallt yna dal gen ti ym mŵt y car?'

Roedd Siwsi yn arfer bod yn un dda am dorri gwalltiau ffrindiau os oedden nhw'n methu cael apwyntiad mewn lle gwallt, ac roedd hi wedi troi y siswrn ar fy ngwallt i a'r plant fwy nag unwaith ers talwm.

Edrychodd Siwsi arna i am eiliad, cyn dechrau gwenu.

'Ydy mae o, yn rhyfedd iawn!' atebodd gyda gwên.

'Mi a' i i nôl y dyn bach, felly, ia?' holais. 'Os fedar o sbario chwarter awr o achub y byd i gael torri ei wallt gan ei fam.'

14

'Dyma fo, y dyn bach ei hun!'

Nofiodd llais Vogue i lawr y stryd tuag aton ni. Teimlais law fach Moc yn gwasgu fy llaw i am eiliad.

Edrychais i lawr arno. Roedd Siwsi wedi cael hwyl dda ar ei wallt, ac ro'n i wedi medru sythu ffrâm ei sbectol fel ei fod yn edrych yn well.

Y tu hwnt i'r criw bach o rieni oedd wedi ymgasglu tu allan i giât yr ysgol, ro'n i'n gallu gweld Alys yn dŵad allan o'i char efo'i mab, yn gwisgo ei dillad gwaith. Aeth y ddau ohonyn nhw yn syth i mewn i'r ysgol heb stopio i siarad efo'r criw.

Teimlais fy nghalon yn suddo.

'Www! Dw i'n licio dy wallt di, Moc! Ydy Dad wedi bod yn brysur efo'i siswrn?' gofynnodd Vogue, a gwenodd gweddill y criw arnon ni. 'Ti'n llawn talent, dwyt, Rob!' meddai, gan roi winc i mi a gwenu fel giât.

Dwn i ddim os mai fi neu weddill y rhieni oedd yn teimlo'r embaras mwya!

'Naddo. Mam wnaeth o yn tŷ ni neithiwr!' meddai Moc, yn ddigon sych. Suddodd wyneb Vogue fel y *Titanic*!

'O, y... dw i'n gweld... y...'

'Well i ni fynd,' dywedais, a cherdded i ffwrdd i gyfeiriad yr ysgol, gan deimlo'n dda! Ella bod Vogue wedi camddeall fy sefyllfa i a Siwsi, ond roedd hynny'n fy siwtio'n iawn ar hyn o bryd.

'Cofia am y cyfarfod nos fory! Yn y Llew Du!' galwodd, ond

wnes i ddim byd ond codi llaw. Do'n i ddim yn gwybod am y cyfarfod, a do'n i ddim yn bwriadu mynd beth bynnag!

Wnes i ddim aros yn hir wrth ddrws yr ysgol, dim ond gadael i Moc ymuno efo byddin bach o hogia eraill a diflannu i mewn i'r adeilad. Doedd dim golwg o Alys. Ro'n i angen mynd â Ffion i'r ysgol, gan ei bod wedi colli'r bws ysgol. A dweud y gwir, ro'n i'n eitha balch o gael y cyfle i siarad efo hi ar ei phen ei hun.

'Ble wyt ti wedi bod? Mi fydda i'n hwyr!' meddai, gan edrych i fyny o'i ffôn ar ôl i mi gyrraedd y car ac eistedd i lawr.

'Mi fyddi di'n iawn!' atebais, a chychwyn y car reit handi.

Gadewais i'r tawelwch setlo yn y car cyn dechrau siarad efo Ffion.

'Sut mae petha'n mynd, 'ta? Efo chdi?'

'Iawn.'

'Rwyt ti wedi gneud ffrindia da yn yr ysgol, do?'

Dim ateb.

'Mae croeso i chdi gael cwpwl ohonyn nhw draw i'r tŷ os wyt ti isio, sti! Neu basan nhw hyd yn oed yn medru cysgu acw am noson taset ti…'

'Faint wyt ti'n meddwl ydw i, saith?' atebodd yn chwyrn.

'Dim ond trio…'

'Ia, wel paid! Dw i'n iawn. Dw i'n hollol… iawn. Ocê?'

'Iawn!' atebais, a cheisio canolbwyntio ar yrru'r car.

'Sori, Dad,' meddai Ffion ymhen ychydig. 'Sori, ond dw i'n hollol iawn. Dw i'n grêt. Wir rŵan. Dw i'n well na dw i wedi bod ers talwm! Felly gei di stopio poeni, iawn?'

'Dw i'n falch o glywed,' atebais, gan feddwl y dylwn i gysylltu efo Siwsi i ddweud wrthi.

Dwn i ddim beth wnaeth i mi droi trwyn y car i gyfeiriad y

Ganolfan Arddio ar ôl i mi **ollwng** Ffion wrth yr ysgol. Ro'n i isio gweld y lle, a dweud y gwir, ac roedd y pnawn o weithio yn yr ardd efo Moc bore dydd Sadwrn wedi rhoi ambell syniad i mi am beth i wneud nesa yn yr ardd.

Celwydd noeth.

Dim ond un rheswm oedd dros fod eisiau ymweld â'r Ganolfan Arddio, ac Alys oedd y rheswm hwnnw.

Wrth barcio'r car yn y maes parcio gwag, dechreuais ddifaru. Sut yn y byd o'n i'n mynd i fedru cogio fy mod i'n dŵad yma i gael pethau i'r ardd, ac Alys yn fy nabod i mor dda? Ond roedd hi'n rhy hwyr i feddwl am hynny. Gwelais Alys yn cerdded tu allan i'r adeilad, yn cario bocs mawr o blanhigion tŷ.

Neidiais allan o'r car.

'Wyt ti isio help?'

Stopiodd ac edrych arna i.

'Dw i'n ddigon cry', diolch!' meddai, gan ddechrau cerdded eto.

Rhedais ar ei hôl.

'Chwilio am rywbeth?' gofynnodd, ar ôl i mi ei chyrraedd.

'Ym... planhigion... i'r ardd... ' dechreuais.

'O, rwyt ti'n y lle iawn, beth bynnag!' atebodd, a cheisio cuddio rhyw hanner gwên.

'Ond dw i angen... cyngor. Cyngor ar beth i ddewis, a be fasai'n medru byw yn hapus efo ni ym Mryn Llwyn.'

Erbyn hyn, roedden ni wedi cyrraedd lle roedd Alys eisiau rhoi'r bocs o blanhigion. Rhoddodd y bocs i lawr, a throi i edrych arna i.

'Planhigyn newydd wyt ti isio?' gofynnodd.

---

gollwng – *to drop* **celwydd noeth** – *barefaced lie*

'Wel, neu blanhigyn mwy aeddfed, un sydd wedi arfer yn yr ardal. Un fasa'n medru byw'n hapus efo ni.'

Edrychais i fyw ei llygaid. Doedd dim lle i amau beth o'n i'n drio dweud.

'Yli, Alys...'

'Wyt ti wedi gofyn i Trish? Dw i'n siŵr fasa hi'n hapus iawn i helpu!' meddai Alys.

'Yli, dw i a Vogue...'

'Vogue?!'

'Ym... ia. Trish. Sori, wnes i feddwl amdani fel rhywun wedi camu oddi ar dudalen *Vogue* y tro cynta weles i hi, a rhywsut mae'r enw wedi sticio!'

Chwerthin wnaeth Alys.

'Gwych! Ond well iddi beidio clywed hynna, neu fydd hi ddim yn hapus!'

'Sdim ots gen i beth mae Vogue yn meddwl ohona i! Wir i ti!' atebais.

'Dim felly roedd hi'n edrych nos Wener!' meddai Alys yn ôl.

'Dŵad â gwobr raffl i mi wnaeth hi. A helpu ei hun iddo fo wedyn!'

'Mae hynna'n swnio fel Trish!'

'Ac mae'n o'n wir!'

Gwenodd Alys arna i, a dechrau tynnu'r planhigion allan o'r bocs a'u gosod ar y stondin o'i blaen.

'Moc yn iawn?'

'O, mae *o* rêl boi!'

Stopiodd beth oedd hi'n gwneud, ac edrychodd arna i.

'A Ffion?'

'Wel, mae hi'n *moody*! Fel mae pob un yn eu harddegau.'

'Waw! Sôn am **gyffredinoli**!'

'Sori, ond... Mae Siwsi'n poeni amdani, ond dw i'n siŵr bod Ffion yn iawn, sti. Jyst yn mynd drwy ryw gyfnod rhyfedd.'

'Cadwa lygad arni, ella.'

'Beth wyt ti'n feddwl?'

'Wel, jyst hynna. Cadwa lygad arni. Mae hi'n anodd bod yn ifanc dyddia yma, cofia. Efo pob dim sydd o'u cwmpas nhw.'

Ro'n i wedi anghofio pa mor gall oedd Alys **wastad**, yn rhywun oedd yn medru darllen sefyllfa yn dda. Roedd hi fel hyn hyd yn oed pan oedd hi'n un ar bymtheg oed. Be ddiawl oedd yn bod arna i yn gadael iddi fynd o fy mywyd i?

A rŵan, roedd hi'n rhy hwyr. Roedd ganddi hi blentyn...

'Alys...' dechreuais. 'Dy bartner a chdi, dach chi...?'

''Dan ni'n be?' gofynnodd.

Edrychodd y ddau ohonan ni i fyw llygaid ein gilydd. Stopiodd pob dim am eiliad.

Yna fe deimlais fy ffôn yn crynu ym mhoced fy nghôt. Mi faswn i wedi ei anwybyddu, ond ro'n i'n hanner disgwyl i gleient gysylltu, i drafod pris rhyw brosiect.'

'Esgusoda fi am funud, Al...' dywedais, gan ddefnyddio'r enw anwes ro'n i'n arfer ei galw, heb feddwl!

Gwelais yr ymateb yn ei llygaid. Gwenodd ac edrych i lawr ar un o'r planhigion a dechrau trefnu'r dail.

'O, haia Trish! Chdi sydd 'na...' meddais wrth glywed llais Vogue ar ben arall y ffôn.

Syrthiodd fy wyneb ond ddim cymaint ag wyneb Alys. Pam ddiawl oedd Vogue yn fy ffonio fi, ac ar yr amser mwya

---

cyffredinoli – *to generalize*   **wastad** – *always*

anghyfleus? Ceisiais wneud siâp ceg 'Sori' wrth Alys, ond daliodd Alys ei llaw i fyny i fy stopio rhag dweud mwy. Roedd hi'n edrych yn flin.

Ac ar y funud honno daeth dynes mewn côt Barbour draw, a het fawr ar ei phen fel tasai hi ar fin mynd i gyfarfod y frenhines yn Balmoral!

'Excuse me, could you possibly give me some help? This place is like the *Marie Celeste*!'

'Of course, Madame! Lead the way!' atebodd Alys, a throi ei sylw at yr het, gan ei dilyn i ben draw'r ganolfan.

'Helô? Rob?'

'Beth wyt ti isio?' gofynnais i Vogue, heb geisio cuddio'r ffordd o'n i'n teimlo. 'Beth wyt ti isio rŵan?'

'Ti'n cofio am y cyfarfod yn y Llew Du nos fory i drafod codi pres, wyt ti?' meddai Vogue, yn y llais bywiog oedd yn dechrau troi arna i.

'Do, wnest ti sôn,' atebais, heb frwdfrydedd.

'A 'dan ni isio dathlu hefyd!'

'Dathlu?' gofynnais mewn llais fflat, a gwylio Alys yn mynd yn bellach ac yn bellach oddi wrtha i i ben draw'r siop. 'Dathlu beth?'

'Elin! Mae hi wedi cael ei babi. Neithiwr tua un ar ddeg. Jyst iddo fo lanio yn y lifft!'

'Da iawn,' atebais, a diffodd yr alwad heb hyd yn oed ddweud ta-ta.

---

anghyfleus – *inconvenient*

15

'Syniad da oedd hyn, Wil!' dywedais, gan droi fy mhen tuag ato. Roedd ei goesau yn yr awyr a'i lygaid ar gau. Anadlodd yn ddwfn drwy ei drwyn a chwythu'r aer allan yn swnllyd drwy ei geg.

Pan alwodd Wil neithiwr a chynnig i mi ddŵad efo fo i'w ddosbarth ioga, mi wnes i dderbyn yn syth. Roedd y ffaith ei fod yn y pentre nesa, dim ein pentre ni, yn rhan o'r apêl. Ac roedd o'n esgus perffaith, wrth gwrs, i beidio gorfod mynd i'r Llew Du at griw'r Gymdeithas Rieni i drafod y cynlluniau codi pres nesa. Ro'n i wedi gwneud y penderfyniad iawn, yn bendant. Roedd hi'n braf bod yng nghanol pobol do'n i ddim yn nabod. Jyst yn anadlu.

Roedd neuadd y pentre yn llawn o gyrff yn gorwedd ar eu matiau, a'u coesau yn ymestyn i'r awyr. Yn y blaen gorweddai dynes mewn oed efo gwallt hir arian, a dillad ioga pinc llachar. Roedd Efa yn enw perffaith iddi, roedd yna rhyw dawelwch o'i chwmpas, y tawelwch hwnnw sy'n rhan o bersonoliaeth y bobol sy'n gwneud ioga, meddyliais. Neu oedd y ffaith eu bod yn gwneud ioga wedi achosi'r tawelwch hwnnw ynddyn nhw?

'Gadewch i'r anadl lifo…' meddai Efa, ei llais yn llifo fel mêl. 'Dewch â'ch sylw at eich anadl…'

Neuadd yn llawn distawrwydd, heblaw am sŵn pawb yn anadlu i fewn ac allan, i fewn ac allan…

'Sianelwch eich anadl at flaen y bysedd, blaen y traed…'

Caeais fy llygaid ac anadlu'n ddwfn eto. Roedd hi'n braf

cael ceisio **gwagio** fy meddwl o bob dim, i fyw am y foment. Ers symud i Fryn Llwyn roedd bywyd wedi symud yn gyflym iawn – ceisio rhoi trefn ar y tŷ, ceisio rhoi trefn ar y plant, a cheisio ailafael yn y gwaith oedd yn talu'r biliau. Ac roedd hynny i gyd heb sôn am y busnes efo Vogue a'r sefyllfa efo Alys.

Ro'n i wedi bod â **fy mhen yn fy mhlu** ers ddoe pan ges i'r sgwrs efo Alys yn y Ganolfan Arddio. Ro'n i wedi troi a throi'r sefyllfa yn fy mhen. Roedd hi ar fin dweud rhywbeth wrtha i amdani hi a'i phartner, pan wnaeth blincin Vogue dorri ar draws pethau unwaith eto. Beth yn y byd oedd Alys yn meddwl oedd yn mynd ymlaen?

Er fy mod i'n ceisio canolbwyntio ar y foment a dim arall, wrth gau fy llygaid ro'n i'n gweld wyneb Alys wrth i mi dderbyn yr alwad ffôn gan Vogue. Roedd siom yno, ond hefyd roedd rhywbeth arall, rhyw flinder efo fi, ac efo hi ei hun am adael ei hun i ddechrau credu ynddo i eto. Ro'n i wedi gweld y mynegiant o'r blaen, ugain mlynedd yn ôl, pan ddywedais wrthi hi nad o'n i'n mynd i deithio'r byd efo hi.

Roedd yn rhaid i mi ei gweld hi eto. Ond sut? Doedd cyfarfod yn y Ganolfan Arddio yn amlwg ddim yn mynd i weithio, ac roedd pawb ar frys wrth giât yr ysgol yn y bore. Hi oedd Trysorydd y Gymdeithas Rhieni Athrawon, felly roedd hi'n siŵr o fod yn un o'r digwyddiadau codi arian. Ac eto, doedd cyfarfod mewn neuadd fawr yn llawn o blant swnllyd ddim yn lle i gael sgwrs iawn, nag oedd?

---

gwagio – *to empty*

fy mhen yn fy mhlu – *depressed / crestfallen (lit. my head in my feathers)*

'Tynnwch y pengliniau i mewn at y frest, gan ryddhau unrhyw straen, unrhyw densiwn… '

Ar hynny, daeth sŵn **rhech** fawr o gyfeiriad tu blaen y neuadd, rhech hir braf, fel beic modur yn cychwyn ei injan. Arhosais lle ro'n i, gan gau fy llygaid a brathu fy ngwefus.

Ddywedodd neb air, dim gair o sori, dim chwerthiniad, dim byd.

'Wannw'l! Gwynt gan rywun!' sibrydodd Wil.

A dyna hi wedyn. Do'n i ddim yn medru stopio **piffian chwerthin** fel hogyn ysgol, ac roedd y tawelwch yn y neuadd yn gwneud pob dim yn saith gwaith gwaeth.

Ar ddiwedd y sesiwn, rhowliais fy mat yn sydyn, heb edrych ar neb arall.

'Mae'n dda gen i bod chdi wedi mwynhau, Rob,' meddai Wil, a gwasgu fy ysgwydd.

'Sori am chwerthin, Wil!' atebais.

Gwenu wnaeth Wil. 'Mi fydda i'n dŵad bob wythnos, sti, ac roedd Harriet yn arfer mwynhau tipyn o ioga hefyd.'

'Oedd?'

Dim rhyfedd ei bod mor heini, felly, meddyliais. Roedd hi'n symud yn dda, ac wedi medru byw yn iach ac yn annibynnol tan ymhell yn ei hwythdegau.

Wrth i ni gerdded i gyfeiriad y drws, sylwais ar waliau'r neuadd. Roedd yn amlwg bod Cylch Meithrin yn cyfarfod yno, ac roedd y waliau yn llawn lluniau Calan Gaeaf a lluniau o dân gwyllt lliwgar yn saethu'n ddistaw i bob cyfeiriad ar y papur.

Ac yna ges i syniad. Roedd yr ateb yn berffaith. Ac roedd y goelcerth wedi hanner ei gwneud wedi'r cwbwl! Cynnal noson codi arian Guto Ffowc yn ein gardd ni!

---

rhech – *fart*   **piffian chwerthin** – *to snigger*

'Dw i'n meddwl fod o'n syniad bach da!' atebodd Wil wrth i mi sôn wrtho yn y car ar y ffordd adre o'r dosbarth. 'Mi fydd yn gyfle i chdi groesawu pawb i Fryn Llwyn, ac yn gyfle i gael tipyn o fywyd yn ôl i'r hen le. Roedd Harriet yn un dda am barti!'

'Wel, chi fydd y cynta i gael gwahoddiad 'ta, Wil!' atebais.

Dim ond nodio wnaeth o, heb ddweud dim yn ôl. Ac yna trodd Wil drwyn y car oddi ar y brif lôn a dechrau mynd i lawr rhyw lôn fach garegog.

'Wnes i ddim dallt bod ni'n cymryd y *scenic route* adra, Wil!' dywedais, gan deimlo ychydig bach yn anghyfforddus. Oedd Wil wedi anghofio'r ffordd adra? Pam oedd o'n mynd â fi i le mor anial?

'Pum munud fyddan ni, Rob,' atebodd Wil. 'Pum munud bach. Fydd yr hen blantos yn iawn, byddan?'

'Byddan, tad!' atebais innau, gan geisio swnio'n ddidaro.

Ymhen munud, roedd y car wedi dod i stop. Gadawodd Wil oleuadau'r car ymlaen fel bod y ffordd i'w gweld yn glir. Llyn oedd yno, a'r gwynt yn creu tonnau bach ar wyneb y dŵr.

'Llyn **Ysbrydion**,' meddai Wil. 'Dyna i ti enw da!'

'Fan'ma ydy Llyn Ysbrydion?' gofynnais. Ro'n i wedi clywed Anti Harriet yn sôn am y lle sawl gwaith, ac roedd yr enw yn llawn hud i mi. Ond wnaeth hi erioed ddŵad â fi yma chwaith pan o'n i'n mynd draw yno i aros.

'Fyddwch chi'n dŵad yma'n aml, Wil?' gofynnais, gan feddwl pam oedd o wedi dod yma heno.

'Dim ond ambell waith, pan fydd rhaid…' atebodd Wil. Doedd ei ateb enigmatig ddim yn helpu rhyw lawer.

'Ond dydy o ddim yn lle i aros yn hir.'

---

ysbryd(ion) – *ghost(s)*

'Nac ydy, mae'n siŵr,' atebais. Roedd hi'n hawdd deall hynny, a rhywbeth yn arallfydol am y lle. Roedd yr enw 'Llyn Ysbrydion' yn ei siwtio'n berffaith!

Eisteddodd y ddau ohonan ni am funud neu ddau yn edrych ar y dŵr yng ngolau lampau'r car, y ddau ohonan ni yn ein legins lycra.

'Reit, beth am banad, Rob?' gofynnodd Wil, ac ailgychwyn injan y car a throi ei drwyn oddi wrth Llyn Ysbydion a'i gyfrinachau.

16

Y noson ganlynol soniais i wrth y plant, wrth godi'r swper o'r caserol i'r platiau.

'Parti tân gwyllt? I'r pentra i gyd! Ti'n siriys?'

'Wel, yndw, bydd o'n hwyl. Bydd, Moc?'

Rhoddais y platiau o flaen y plant ar y bwrdd.

'Ieei! A gawn ni wneud Guton Ffow i roi ar ben ein coelceff, Rob?'

'Guto Ffowc. Cawn, siŵr iawn! Mae gan bob coelcerth go iawn Guto!' atebais.

'Mae dathlu llosgi rhywun yn afiach!' meddai Ffion. 'Wyt ti rioed wedi meddwl am hynny, Dad?'

'Ond bydd o'n ffordd dda o ddŵad i nabod pobol yr ardal, bydd?' ychwanegais, yn llai brwdfrydig.

'Ac mae o'n asoch da!' meddai Moc. 'Hwrê! Gawn ni selsig ac afalau taffi hefyd, Rob?'

'Ac ella fedri di wahodd rhai o dy ffrindia o'r ysgol, Ffion. Mi fasai'n braf medru eu cyfarfod nhw!'

'Ga' i ofyn i Gwion, Elis ac Iddon?' gofynnodd Moc. 'A Belle a Catrin?'

'Wel, dw i'n meddwl fod o'n syniad gwirion!' meddai Ffion, a dechrau pigo ar ei bwyd. 'Felly peidiwch â disgwyl i mi wahodd neb!'

'Ga' i fwy o ffrindia 'ta?' meddai Moc wedyn, yn gweld ei gyfle.

'Beth wnaeth i ti feddwl am syniad mor stiwpid?' gofynnodd Ffion.

Doedd o ddim yn syniad gwirion, meddyliais! Roedd cynnal noson tân gwyllt ym Mryn Llwyn yn syniad campus! Mi faswn i'n medru gwahodd pawb draw, roedd digon o le yn yr ardd, codi pres ar bawb i weld y tân gwyllt a chael ci poeth neu rywbeth i'w fwyta. Ac mi fasai hefyd yn gyfle i mi weld Alys eto, mewn sefyllfa oedd ddim mor clawstroffobig â neuadd ysgol. Yn gyfle i mi ei holi am ei sefyllfa.

Ro'n i hefyd wedi bod yn meddwl am beth ddywedodd Alys am Ffion. Mi fasai'n braf i mi fedru cyfarfod ei ffrindiau, ac i'w ffrindiau hi weld lle roedd hi'n byw. Roedd Ffion, Moc a fi yn setlo yn y pentre yma rŵan, a dim ond peth da fasai dechrau cyfarfod mwy o bobol.

Ond doedd ymateb Ffion ddim yn codi fy nghalon i!

'Wel? Beth wnaeth i ti feddwl am syniad mor stiwpid?' gofynnodd Ffion eto.

'Gawn ni noson dda, gei di weld!' atebais, gan obeithio fy mod i'n swnio'n fwy hyderus nag ro'n i'n teimlo.

'Wel, paid â meddwl fy mod i isio dim byd i neud efo'r peth!' meddai Ffion, gan sefyll a gwneud i'r gadair grafu ar y llawr. 'Dw i'n mynd i fy stafell!'

Ac i ffwrdd â hi, gan roi clep ar y drws.

'Mewn mŵd!' meddai Moc yn athronyddol, a rhawio llond fforc o gaserol cyw iâr i mewn i'w geg.

17

Yn syth ar ôl swper, eisteddais wrth y gliniadur a sgwennu'r e-bost at y brifathrawes ac at aelodau'r Gymdeithas Rhieni Athrawon yn dweud am syniad y noson tân gwyllt ym Mryn Llwyn, a'r ffaith y byddai'r elw i gyd yn mynd i'r Gymdeithas. Roedd hi'n rhyfedd cynnwys cyfeiriad e-bost Alys hefyd yn yr e-bost swyddogol.

Ro'n i wastad wedi mwynhau cyffro noson tân gwyllt. Pan oedd Mam yn fyw, roedd y ddau ohonan ni'n arfer mynd i lawr at y **marian** yn y pentre, a sŵn, arogleuon a lliwiau'r digwyddiad yn denu'r ddau ohonan ni ar hyd y llwybr bach i lawr at y sgwâr gwyrdd yng nghanol y pentre. Roedd yn brofiad mor braf, fy llaw fach i yn nythu yn llaw gynnes Mam, gan deimlo oerni'r nos yn pigo'n ysgafn ar fy mochau, ac oglau'r coed yn llosgi ar y goelcerth yn nofio i'n cyfarfod.

Doedd Dad ddim yn hoff o fynd i bethau felly, a wnaeth o erioed fynd â fi ar ôl i ni golli Mam. Ella mai dyna pam ro'n i wastad yn trio gwneud yn siŵr o wneud rhywbeth ar noson tân gwyllt, hyd yn oed tasai'n ddim byd ond cwpwl o wreichion ar ffon fach yn llaw'r plant, a chi poeth a nionod mewn rôl fara. Doedd dim rhaid gwneud llawer i greu atgofion da.

Ar ddiwedd yr e-bost, gofynnais am help cyn y digwyddiad ei hun. Roedd Moc a fi wedi dechrau cael trefn ar yr ardd wrth gwrs, ond roedd tipyn o waith i'w wneud o hyd i greu digon o le i griw reit dda. Ac er bod gynnon ni ddigon o bethau o gwmpas i ddechrau gwneud y goelcerth, mi fasai'n rhaid cael mwy o goed ac ati i wneud un werth chweil.

---

marian – *the green*

Yng nghefn fy meddwl hefyd, ro'n i'n gobeithio y basai Alys yn ymateb i'r e-bost ac yn cynnig dod i helpu, neu ddod â rhywbeth oedd yn sbâr o'r Ganolfan Arddio. Ymhen pum munud o yrru'r e-bost, daeth ymateb. Agorais y gliniadur yn eiddgar. Suddodd fy nghalon. Alan. Yn cynnig dod i helpu ac yn deud fod o'n edrych ymlaen yn fawr at y noson gan ei fod yn licio noson Guto Ffowc, ond bod ei wraig yn erbyn y peth yn llwyr. Alan druan. Roedd o'n amlwg dan y fawd ac yn awyddus i gael rhyw fath o fywyd cymdeithasol drwy'r Gymdeithas Rieni Athrawon.

Y nesa i ymateb oedd y brifathrawes, yn diolch i mi am fy nghefnogaeth at yr achos, ac yn ymddiheuro ei bod hi yn mynd i ffwrdd i Efrog y penwythnos hwnnw, yn anffodus.

Ac yna daeth ateb Vogue wrth gwrs, yn dweud y basai Teilo (y 'sant') a hi wrth eu boddau yn dŵad draw.

Ond ddaeth dim gair o gwbwl gan Alys a Joe.

Eisteddais wrth fwrdd y gegin, a theimlo braidd yn fflat. Roedd Moc bach wedi mynd i fyny i'w lofft, ac roedd y teledu wrthi'n canu'n ddistaw yng nghornel y lolfa. Doedd dim sŵn o gwbwl o stafell Ffion.

Es i fyny'r grisiau ati hi, a chnocio'n ysgafn ar ddrws ei hystafell wely, gan ei rwbio ar agor.

Roedd hi'n gorwedd ar ei gwely, a'i phen yn ei ffôn, yn union fel roedd Siwsi wedi dweud pan oedd hi draw yno. Roedd ei hwyneb yn wên i gyd, tan gododd ei phen a fy ngweld i'n sefyll yno.

'Dad, beth wyt ti'n neud yma?' gofynnodd Ffion, fel taswn i ddim yn byw dan yr un to o gwbwl!

'Jyst dŵad i weld sut wyt ti, dyna'r cwbwl,' meddwn i, a chymryd cam ymhellach i mewn i'r stafell.

Edrychodd arna i am funud, cyn ateb:

'Wel? Dw i'n iawn! Dw i'n grêt! Hapus rŵan? Felly gei di stopio poeni!' meddai, gan roi ei sylw yn ôl ar ei ffôn.

Daliais i sefyll. Cododd ei phen.

'Be?'

'Dim. Dim byd, Ffion. Paid â bod yn rhy hwyr heno, iawn? Mae gen ti ysgol yn y bora, cofia.'

Rowliodd ei llygaid ac ysgwyd ei phen, a dychwelyd at ei ffôn unwaith eto.

A theimlais y bwlch rhyngddon ni yn fwy nag erioed.

★

Ond y bore wedyn daeth **tro ar fyd**.

Ar ôl curo ar ddrws Moc a'i berswadio i godi o'i wely, ymolchi a gwisgo, es i lawr i'r gegin i osod y llestri brecwast allan i bawb. Ond doedd dim rhaid i mi. Roedd Ffion wedi cyrraedd o fy mlaen i, ac wedi gosod y bwrdd yn barod.

Roedd hi'n wên o glust i glust wrth iddi sefyll a rhoi poster lliwgar yn fy nwylo.

'Paid â bod yn flin efo fi heddiw, Dad!' atebodd. 'Dw i wedi codi'n gynnar heddiw i wneud hwn i chdi, yli!'

Roedd y poster yn un arbennig, a sgiliau dylunio Ffion ar y cyfrifiadur yn amlwg arno.

'Mi fyddi di angen tipyn ohonyn nhw, mae'n siŵr, ac mae gen i ddigon o inc,' meddai wedyn.

'Ond rwyt ti'n meddwl bod noson tân gwyllt yn syniad gwirion!' atebais.

---

tro ar fyd – *reversal of fortune*

'Sori am hynna. Ond dw i wedi bod yn meddwl, ac rwyt ti'n iawn, mae o'n syniad grêt!'

'Wyt ti'n meddwl hynny? Go iawn?'

'Yndw! Mae'n syniad ffantastig, a deud y gwir! A dw i'n rili edrych ymlaen!' meddai, a'i llygaid yn sgleinio.

Roedd gwyrthiau yn medru digwydd, meddyliais! Ond do'n i ddim yn cwyno!

18

'Codwch o ychydig bach yn uwch, na, yr ochr chwith! Na, ia, dyna ni!'

Roedd Alan a Wil wrthi'n gosod y goleuadau dros y sied fach ar waelod yr ardd, goleuadau oren oedd yn mynd i wincio ar bawb ar y noson. Do'n i ddim yn siŵr oedd eu hangen nhw a dweud y gwir, gan mai'r goelcerth fasai'n cymryd sylw pawb ar y noson ei hun. Ond roedd Alan wedi cyflwyno'r goleuadau i mi **efo'r fath frwdfrydedd**, do'n i ddim yn licio eu gwrthod.

Roedd un o'r tadau eraill wrthi'n gosod ei farbeciw ochr arall yr ardd, yn nes at y tŷ. Ro'n i wedi rhoi Ffion yng ngofal y tatws pob a'r salad, ac roedd Moc yng ngofal mynd o gwmpas y lle efo pry cop mawr plastig ac yn dychryn pawb allan o'u croen! Swydd bwysig ar noson fel hyn!

Rhaid i mi ddweud, roedd y goelcerth yn edrych yn dda iawn, ac wedi tyfu'n anghenfil mawr dros yr wythnos ddiwetha. Roedd hi'n syndod faint o frigau oedd o gwmpas yr ardd, a faint o hen focsys oedd gan Anti Harriet yn y sied.

'Rhaid i ti adael i mi dy helpu di, Rob!' oedd geiriau Vogue, a chwarae teg iddi roedd hi wedi bod yn help mawr drwy'r pnawn, ac wedi treulio awr neu ddwy yn rhoi trefn ar y lle a chwilio yn y sied am focsys.

Ro'n i wedi rhoi **matsien** yn y goelcerth cyn i bobol ddechrau cyrraedd go iawn, fel bod y goelcerth yn wenfflam erbyn i bawb gyrraedd.

---

efo'r fath frwdfrydedd – *with so much enthusiasm*

matsien – *match*

'Mae pethau'n siapio'n reit ddel gen ti, Rob.'

Troais a gweld Wil wrth fy ymyl yn **edmygu** ei waith da ar oleuo'r sied.

'Fi helpodd Harriet i osod y trydan yn y sied, dw i'n cofio,' meddai 'Roedd hi'n licio mynd yno efo'i pheiriant gwnïo, toedd?'

'Mae gen i ryw gof, oes,' atebais.

'A finna'n cael defnyddio'r injan i drwsio ambell i hen drowsus hefyd!' meddai Wil wedyn gan wenu.

'Byddwch chi'n haeddu peint ar ôl eich holl help, Wil!'

'Na, dw i am fynd am adra, a deud y gwir wrthat ti, Rob. Wna i ddim aros!'

'Ond mae'n rhaid i chi aros, siŵr! Rŵan bydd yr hwyl yn dechrau!'

'Na, wna i ddim. Os ti ddim yn meindio, Rob. Dydy o ddim yn lle i ryw hen foi fatha fi. Ond mi wna i roi pres at yr achos, cofia.'

'Dach chi wedi cyfrannu'n barod drwy helpu,' atebais.

Nodio wnaeth o.

'Dw i wedi mwynhau, ac mae hi wedi bod yn braf gweld yr ardd yn dŵad yn fyw unwaith eto. Dyna fasa Harriet wedi bod isio, yn bendant!'

'Dw i'n meddwl hefyd. Roedd hi'n licio hwyl, doedd?'

Meddyliais am wyneb **siriol** Harriet, ei llygaid disglair a'r llais oedd yn llawn chwerthin bob amser.

'Oedd, 'ngwash i, mi oedd hi'n licio hwyl.'

'Hmm, mae'r lle'n edrych yn neis! Rhywbeth ga' i neud i helpu?'

Troais a gweld Alys yn sefyll wrth ein hymyl.

---

edmygu – *to admire* **siriol** – *cheerful*

Do'n i ddim wedi sylwi bod Alys wedi dod ar draws yr ardd atan ni. Ro'n i wedi bod yn cadw llygad ar y drws cefn wrth weithio ar y goelcerth ac yn gwneud y paratoadau munud ola. Do'n i ddim wedi clywed gair ganddi ers yr e-bost, a heb siarad o gwbwl efo hi ers i ni gael sgwrs yn y Ganolfan Arddio, ers i Vogue sbwylio pob dim drwy fy ffonio!

'Gei di drio perswadio Wil i aros, os lici di,' atebais.

'Dach chi ddim yn licio tân gwyllt, Wil?' gofynnodd yn glên. 'Ro'n i'n meddwl bod pawb ond yr hen Guto Ffowc yn licio'r noson!'

Chwerthin wnaeth Wil.

'A deud y gwir wrthat ti, Alys, dw i'n edrych ymlaen at fynd adra i ymlacio tipyn bach efo fy ioga, a mwynhau rhyw wisgi bach distaw!'

'Mae hynna'n swnio'n braf iawn, rhaid deud!' atebodd Alys, dan wenu.

'Ac mae gen i daith beic ben bora fory efo'r criw seiclo. Fasai hi ddim yn syniad i mi gael noson rhy hwyr heno!'

'Chi sy'n gwybod orau, Wil. A diolch am eich help!' atebais.

Aeth Wil yn nes at Alys, a gan wasgu ei braich, dywedodd, 'Mwynhewch eich hunain, eich dau!'

Safodd Alys a fi yno, yn teimlo embaras am eiliad. Roedd Wil yn amlwg yn meddwl amdanan ni fel cwpwl, fel yr oedden ni yr holl flynyddoedd yn ôl. Roedd yn deimlad braf.

19

'Diod? Coctel neu moctel, mae gen i un o bob un!'

Roedd Ffion wrth ein hymyl, yn wên i gyd, hambwrdd yn llawn gwydrau o ddiod yn ei dwylo a het bompom yn dynn am ei phen.

'Dw i'n dreifio! Felly moctel i mi, plis!' atebodd Alys, gan gymryd y ddiod wyrdd oedd yn edrych yn reit afiach!

'Ydy'r tatws pob yn iawn?'

'Ydyn, bòs! Y tatws pob yn yr oergell a'r salad yn y popty!' atebodd Ffion dan chwerthin. 'Be fasai'n medru mynd o'i le?'

'Doniol!' atebais, dan wenu.

'Reit, dw i angen mynd i neud mwy o'r rhein. Wela i chi wedyn!'

A diflannodd Ffion i gyfeiriad y tŷ efo'r hambwrdd.

'Mae hi'n edrych yn hapus!' atebodd Alys, gan edrych ar ei hôl. 'Ac yn tyfu i fyny!'

'Paid â sôn!' atebais. 'Ond mae hi wedi bod yn help mawr heno, chwara teg iddi. Diolch i ti, am dy gyngor call y diwrnod o'r blaen.'

Ddywedodd Alys ddim byd, ond safodd y ddau ohonan ni yn edrych ar y goelcerth oedd yn dechrau **clecian** wrth i'r coed a'r cardfwrdd ddechrau cynnau. Yma ac acw, yn y tywyllwch, roedd gwreichion bach yn cael eu chwifio gan ddwylo bach mewn menyg, ac ambell i olwyn Catrin hefyd yn troelli yn ffyrnig cyn marw i lawr yn ddim. Nofiodd aroglau selsig a nionod ar yr aer, ac roedd y noson yn wledd i'r synhwyrau.

---

clecian – *to crackle*

O gornel fy llygad, edrychais ar Alys yng ngolau'r goelcerth. Roedd hi mor brydferth, ac roedd hyn yn teimlo mor berffaith. Ond cyn i mi gael cyfle i ddweud dim byd arall, teimlais rywun yn cyffwrdd fy ysgwydd.

'Rob, fedri di helpu John ar y barbeciw plis? Mae o angen mwy o gyllyll a ffyrc!'

Ochneidiais. Pryd oedd Alys a finna'n mynd i gael llonydd oddi wrth y byd a'i bethau?

Roedd y gegin yn wag, fwy neu lai, gan fod pawb arall allan. Agorais un o'r cypyrddau, ond doedd y bocs cyllyll a ffyrc ddim yno. Mae'n rhaid bod y cyfan yn cael eu defnyddio, meddyliais!

Cofiais fod gen i focs o gyllyll a ffyrc oedd heb eu dadbacio yn y llofft. Anrheg priodas Siwsi a fi oeddan nhw, a doedd yr un ohonan ni'n eu licio nhw, felly doedden nhw erioed wedi cael eu defnyddio. Basen nhw'n berffaith ar gyfer heno.

Dringais y grisiau i'r llofft. Roedd golau bach ymlaen yn stafell Moc. Rhyfedd, meddyliais. Ac yna daeth llais Moc.

'Be dach chi'n neud yma? Am be dach chi'n chwilio?'

Clywais lais isel yn mwmian rhywbeth. Llais dynes. Do'n i ddim yn medru deall beth roedd hi'n ddweud.

Yna daeth llais Moc yn ôl fel cloch.

'Mostyn? Ond pam dach chi'n chwilio am Mostyn? Mae 'na barti tu allan! Dach chi ddim yn licio partis asoch da? Ydy Teilo'n licio partis?'

Ac ar yr eiliad honno, daeth Vogue allan o stafell Moc, a'i hwyneb fel taran. Pan welodd hi fi yn sefyll yno yn edrych arni, dechreuodd wenu'n ffals.

'Haia, Rob! Ti'n iawn? Moc a fi oedd yn cael sgwrs fach yn fan'na rŵan! Rwyt ti wedi bod yn dweud hanes Mostyn wrtha i, do, Moc?'

'Naddo!' meddai Moc, a'i lygaid arni. 'Naddo.'

'Un da ydy o!' atebodd Vogue dan chwerthin yn llawer rhy uchel.

'Dos i lawr y grisiau yn ôl i'r parti, ia, Moc? Mae Elis, Iddon a Gwion yn holi amdanat ti. Dw i isio sgwrs efo mam Teilo am funud.'

'Iawn, Rob!' atebodd Moc, ond edrychodd yn amheus iawn ar Vogue wrth ei phasio.

'Annwyl ydy o! Y ffordd mae o'n galw chdi'n Rob o hyd!' meddai Vogue, gan geisio cuddio ei hembaras. 'Ydy pob dim yn iawn?'

'Dwed ti wrtha i,' atebais. 'Beth oeddet ti'n wneud yn stafell Moc?'

'Dw i newydd ddweud, roedd Moc a fi…' dechreuodd.

'Y gwir!' atebais. Ro'n i'n teimlo tipyn bach fel Clint Eastwood. 'Am beth oeddet ti'n chwilio? Wyt ti am ddeud wrtha i?'

Ond cyn i Vogue gael cyfle i ddweud dim byd arall, roedd Moc wrth fy ymyl eto, a'i lygaid yn grwn tu ôl i'w sbectol Alan Bennett.

'Rob, ble mae Ffion?'

'Mmm, o gwmpas yn rhywle, Moc. Chwilia eto.'

'Ond wnaeth hi ddweud bod hi'n mynd i'w stafell a tydy hi ddim yna! Sbia!'

Do'n i erioed wedi clywed y dychryn yn llais Moc fel hyn o'r blaen. Aeth ias i lawr fy nghefn.

Edrychodd Vogue arna i, ei llygaid yn oer fel llechi. Ac yna edrychodd i ffwrdd.

'Damia!' meddai, dan ei gwynt.

20

Weithiau, dach chi isio i'r byd rewi a stopio. Dach chi eisiau cyfle i edrych ar bob dim yn araf a gwneud synnwyr o bethau cyn cario mlaen. Fel tasech chi'n pwyso'r botwm 'SAIB' ar ffilm eich bywyd.

Moment felly oedd hon.

Gadewais Vogue a cherdded i lawr y coridor at stafell Ffion, a Moc wrth fy nghynffon. Agorais y drws, a gweld y stafell yn wag, fel roedd Moc wedi dweud. Yn fwy gwag nag o'n i erioed wedi ei gweld o'r blaen, er bod y stafell yn llawn o bethau Ffion.

Cerddais i lawr y grisiau ac allan i'r ardd at y parti tân gwyllt. Roedd pob dim yn mynd ymlaen fel arfer, a'r goelcerth erbyn hyn **ar ei hanterth**. Eisteddai Guto Ffowc ar ben y goelcerth, yn edrych yn druenus. Roedd pawb yn chwerthin, pobol yn siarad, miwsig o rywle yn rythm cyson yn y cefndir.

Ond doedd dim golwg o Ffion yn unman.

Ac yna roedd Alys wrth fy ymyl.

'Wyt ti'n iawn? Mae golwg wedi dychryn arnat ti?'

Edrychais arni. Roedd hi'n fy nabod mor dda.

'Mae Ffion wedi mynd,' meddais, fy llais yn fflat. Fel taswn i'n dweud bod angen mwy o goed ar y tân.

Agorodd Alys ei cheg mewn braw.

'Wedi mynd? I ble?'

'Wedi diflannu. Tydy hi ddim yn ei stafell. Tydy hi ddim o gwmpas. Mae hi wedi… jyst…'

---

ar ei (h)anterth – *at its pinnacle*

'Ydy hi wedi mynd â'i ffôn efo hi, Rob?'

Edrychais arni yn hurt.

'Dw i ddim yn gwybod. Wnes i ddim meddwl sbio…'

'Dos di i fyny i'w stafell wely i chwilio, a mi wna i ofyn o gwmpas os oes rhywun wedi ei gweld hi, iawn? Wna i ddweud fy mod i isio moctel arall neu rywbeth.'

Nodiais. Roedd hi'n rhyddhad cael rhywun i **gymryd yr awenau** fel hyn.

Nodiais eto, a throi'n ôl a mynd i mewn i'r tŷ. Pan gyrhaeddais waelod y grisiau, roedd Vogue yn eistedd yno, ac wrthi'n tecstio rhywun yn wyllt. Edrychodd arna i pan gyrhaeddais, a golwg ryfedd arni. Wnaeth hi ddim gofyn o'n i wedi cael hyd i Ffion o gwbwl.

'Mi fydd pethau'n iawn.'

Dyna'r unig beth ddywedodd hi.

'Dw i'n siŵr fydd pethau…'

Dylwn i fod wedi gofyn iddi beth oedd hi'n wybod, ond roedd fy ymennydd wedi rhewi, rhywsut. Wnes i ddim byd ond edrych arni a rhoi fy nhroed ar y gris cynta.

Symudodd ei chorff wrth i mi basio a mynd yn ôl i fewn i stafell Ffion. Anadlais. Ffôn, chwilio am ei ffôn, chwilio am ei ffôn, meddwn fel mantra. Roedd y stafell yn eitha taclus, yn fwy taclus nag arfer. Edrychais ym mhob man. Doedd dim golwg o'i ffôn. Roedd hi wedi mynd â fo efo hi, wrth gwrs.

Eisteddais wrth ei desg ac agor ei chyfrifiadur. Roedd tudalen ar agor, tudalen o waith cartref Ffrangeg roedd hi ar ganol ei wneud, ac wedi anghofio ei gau. Ro'n i'n teimlo'n euog yn busnesu drwy ei ffeiliau, ond mi wnes i hynny'n sydyn, a gweld bod dim byd anghyffredin yno. Pwysais 'Safio'

---

cymryd yr awenau – *to take charge (lit. to take the reins)*

ar y gwaith cartref Ffrangeg, a chau'r cyfrifiadur.

Roedd hi'n braf eistedd yng nghanol ei phethau. Roedd rhywun yn medru dychmygu ei bod wedi picio i lawr grisiau neu i'r tŷ bach. Ddim wedi diflannu! Wedi diflannu!

Dadebrais. Roedd yn rhaid i mi wneud rhywbeth! Roedd yn rhaid i mi fynd allan i chwilio amdani! Roedd hi wedi diflannu! Roedd hi ar goll!

Rhedais i lawr y grisiau, gafael yn fy nghôt a mynd allan i'r car. Roedd ceir ar hyd y lôn tu allan i'r tŷ, ond wrth lwc roedd pawb wedi bod yn ddigon call i beidio parcio ar draws y fynedfa.

Eisteddais yn y car, a chychwyn yr injan. Pesychodd, ac yna marw. Triais eto. Dim byd.

Ymhen dau funud, ro'n i'n ôl yn y tŷ ac wedi mynd i'r cefn ac allan i'r ardd eto. Rhedodd Moc i fy nghyfarfod.

'Rob, ble mae Ffion?'

'Ym... mae hi jyst wedi mynd i weld ffrind, Moc. Dw i am fynd i'w nôl hi rŵan,' atebais, gan geisio swnio'n ddidaro. Do'n i ddim isio poeni mwy ar Moc nag oedd rhaid. Edrychodd i fyny arna i, a chrychu ei drwyn,

'Ond pam dydy ei ffrindia hi ddim isio dŵad i parti ni?'

'Dw i ddim yn siŵr, Moc...'

Es i lawr **ar fy nghwrcwd** fel bod fy wyneb ar yr un lefel â wyneb Moc.

'Moc, dw i isio i ti fod yn hogyn mawr rŵan ac aros yma tra dw i'n mynd i chwil... i nôl Ffion, iawn?'

Edrychodd arna i heb ateb am funud.

'Ond pam dw i ddim yn cael dŵad hefyd?'

'Wel, pwy fydd yma i **chwifio** fflag teulu ni os wyt ti *a* fi yn mynd? Rhaid i ti fod yma i gadw llygad ar bawb. Iawn?'

---

ar fy nghwrcwd – *in a squatting posture*   **chwifio** – *to wave*

Nodiodd, a hanner gwenu.

'Fi fydd bòs y parti!'

'Dyna ti, yn union.'

Aeth i ffwrdd i gyfeiriad y goelcerth, yn **sgwario** efo'i gyfrifoldeb newydd!

Daeth Alys ata i.

'Ti'n iawn? Ydy hi wedi mynd â'i ffôn?' gofynnodd.

'Do. Ond tydy fy nghar i ddim yn cychwyn!' atebais.

'Wyt ti isio i mi ddŵad efo chdi yn fy nghar i? Dw i ddim wedi yfed alcohol o gwbwl, cofia!' gofynnodd.

Doedd dim rhaid iddi ofyn ddwywaith.

'Diolch, diolch, Alys.'

Ces i air bach efo Alan i ddweud fy mod i ac Alys yn gorfod mynd i ffwrdd am ryw awr ac iddo gadw llygad ar bethau. Roedd o'n fwy na bodlon, chwarae teg iddo.

'Mi wna i ddweud bod y parti yn dŵad i ben tua naw, ia?' gofynnodd. 'Roedd Marilyn yn dweud y basai hi'n licio i mi fod adra erbyn hanner awr wedi naw.'

Ceisiais beidio gwenu, dim ond dweud, 'Ia, iawn. Grêt. Ond os dw i ddim adra erbyn hynny, fedri di a'r mab aros efo Moc tan fy mod i'n ôl plis?'

'Dim problem!' meddai eto. 'Dw i'n siŵr bydd Marilyn yn iawn am y peth.'

Ac yna es allan. Roedd golau car Alys ymlaen ac roedd hi'n aros amdana i tu mewn. Agorais ddrws y car a dringo i mewn, fy nghalon yn curo'n wyllt.

---

sgwario – *to square up*

21

'Reit, i ffwrdd â ni!'

Trodd Alys y goriad i gychwyn yr injan. Dim. Dim byd.

Edrychodd Alys arna i, ac edrychais i arni hithau. Cofiais am y mwg du oedd wedi codi o dan fonet fy nghar innau ar y ffordd i Fryn Llwyn.

'Tria eto,' meddwn, gan drio swnio'n hyderus.

Trodd y goriad eto. Dim byd. Syllodd y ddau ohonon ni o'n blaenau.

'Tri chynnig i Gymro,' meddai Alys. 'A Chymraes!'

Trodd y goriad am y trydydd tro… a fues i erioed yn fwy balch o glywed sŵn grwndi yn dod o'r injan. Ffiw!

Dechreuodd y car symud.

'Reit, i'r chwith neu i'r dde?' gofynnodd Alys.

'Does gen i ddim syniad!' atebais, a theimlo ton o ofn yn torri drosta i. Doedd gen i ddim syniad ble oedd fy merch bymtheg oed yn y nos ddu.

'Awn ni i gyfeiriad y pentra, ia? Rhag ofn ei bod wedi trefnu i gyfarfod rhywun yn fan'no.'

'Ia, iawn. Syniad da.'

Trodd Alys drwyn y car felly i'r chwith a wnaethon ni ddechrau symud i lawr y dyffryn.

Roedd hi'n noson glir, ac roeddan ni'n medru clywed ambell glec tân gwyllt yn y pellter, a'r lliwiau yn ffrwydro yn flodau amryliw yn yr awyr ddu. Ar unrhyw adeg arall, mi fasai hyn i gyd yn andros o ramantus, meddyliais: Alys a fi mewn car yn gweld tân gwyllt yn goleuo o'n hamgylch, fel ffilm.

'Does dim rhyfedd ei bod hi wedi newid ei meddwl am gael y parti tân gwyllt!' meddwn i, gan ddeall o'r diwedd pan oedd hi wedi bod mor awyddus i gael y tŷ yn llawn sŵn.

'Oes gen ti ryw syniad lle mae hi? Oes yna unrhyw gliw? Ydy hi wedi sôn am enw o gwbwl? Ffrind neu gariad neu…'

'Na, neb. Wel, neb mae hi wedi sôn wrtha i amdanyn nhw!' atebais, a theimlo gymaint ro'n i wedi colli nabod ar Ffion yn ddiweddar. Roedd Siwsi wedi sylwi yn syth ei bod hi'n **byw a bod** ar ei ffôn. Pam do'n i ddim wedi poeni mwy am hynny?

'Tad gwych, tydw!' meddwn yn ddigalon.

'Rwyt ti'n grêt,' atebodd Alys, gan gymeryd cipolwg arna i, cyn mynd yn ôl i ganolbwyntio ar y lôn.

Wrth i'r car wibio ar hyd y lonydd cul, daeth bwthyn bach Wil i'r golwg ar y chwith.

'Beth am i ni fynd i weld Wil? Ella bod Ffion wedi mynd am dro ato fo i ddianc o'r sŵn?' awgrymais, ond gan wybod yr un pryd bod hynny ddim yn debygol iawn.

'Ella fydd gen Wil syniad,' cytunodd Alys.

Roedd gan Wil syniad am lawer o bethau, ac roedd ei ffordd resymegol o feddwl am bethau yn gysur o hyd.

Parciodd Alys y car tu allan i'w dŷ ac aeth y ddau ohonan ni allan o'r car a cherdded i lawr y llwybr cul at y tŷ. Drwy'r ffenest, roedden ni'n medru gweld bod y teledu ymlaen, ac roedd Wil yn eistedd yn y gadair o flaen y teledu, a gwydraid bach o wisgi yn ei law. Roedd mat ioga ar y llawr o'i flaen. Cnociais ar y ffenest yn ysgafn, rhag ofn i mi ei ddychryn. Roedd hynny'n well na chnocio ar y drws adeg yma o'r nos. Trodd Wil ei ben yn syth a sefyll ar ei draed. Roedd o'n amlwg wedi dychryn wrth weld Alys a fi.

---

byw a bod – *idiom. always*

Daeth i ateb y drws ymhen eiliadau.

'Ew, dach chi wedi dŵad yma i ddianc rhag y parti?' meddai, gan wenu, ond roedd yn amlwg yn synhwyro bod rhywbeth yn bod. 'Dewch i mewn, wir, neu mi fyddwch chi wedi rhewi allan yn fan'na!'

Aeth y ddau ohonan ni i mewn i'w lolfa fach lle roedd sŵn y teledu yn bloeddio yn uchel. Aeth Wil draw ato a'i ddiffodd.

'Dw i'n troi o'n uwch ar noson tân gwyllt, rhag i mi glywed y sŵn. Pan oedd yr hen Mot yn fyw, roedd o'n arfer crynu'n ofnadwy pan oedd o'n clywed y pethau yma'n clecian, y peth bach. A dw i wedi cadw at yr arferiad, er bod Mot wedi mynd ers blwyddyn neu ddwy erbyn hyn...'

'Wil, mae Ffion wedi diflannu.'

Doedd dim ffordd hawdd i ddweud y peth. Agorodd Wil ei lygaid led y pen.

'**Brensiach**! Wedi diflannu?' meddai Wil.

'Mae hi wedi mynd, does dim golwg ohoni. A does gynnon ni ddim syniad lle mae hi,' atebais.

Alys siaradodd nesa.

'Ac roeddan ni'n meddwl ella... ei bod hi wedi dŵad draw yma, i ddweud helô neu...'

Roedd pob un ohonan ni'n gwybod bod y geiriau'n swnio'n wan.

'Weles i neb. Rargian, oes gynnoch chi ryw syniad... Oes 'na ryw gariad?'

Ro'n i ar fin ailadrodd bod gan yr un ohonan ni syniad o gwbwl lle roedd hi, pan glywais sŵn. Cymerodd eiliad i mi ddeall mai sŵn fy ffôn i oedd o.

---

brensiach! – *good gracious!*

Tynnais y ffôn allan o boced fy nghôt. Fflachiodd y geiriau 'Ffion is ringing' ar y sgrin. Edrychodd Alys a fi ar ein gilydd.

'Ateba fo!' meddai Alys mewn llais isel.

Pwysais y botwm.

'Helô? Ffion? Ti'n iawn? Lle wyt ti?'

'Dad,' meddai ei llais, ac roedd o'n llais **dagreuol**. 'Dad... Dad, dw i mor sori...'

---

dagreuol – *tearful*

22

'Dad dw i mor sori, o'n i'n meddwl mai jyst hogyn ysgol...'

Cyn i Ffion gael cyfle i ddweud dim byd eto, daeth llais dyn ar y lein.

'Reit, dim **malu cachu**. Mae Ffion yma efo fi. Does dim byd yn mynd i ddigwydd iddi hi os... Mae'n rhaid i ti wneud yn union fel dw i'n deud, ti'n dallt?'

Rhewodd fy ngwaed. Er bod y geiriau yn swnio fel rhywun yn darllen sgript mewn ffilm gowboi, roedd hyn yn digwydd go iawn!

'Pwy dach chi? Pam dach chi'n dal Ffion yn erbyn ei hewyllys?'

Roedd y sefyllfa yn dechrau dod yn glir. Yn amlwg, roedd Ffion wedi cael ei thwyllo rywsut i fod efo'r boi yma ar ben arall y lein. Ac roedd hwnnw'n meddwl fy mod i'n medru gwneud rhywbeth fasai'n golygu bod Ffion yn medru dod yn rhydd. Ond beth?

'Be dach chi isio i mi wneud?' gofynnais.

'Gwranda. Mae o reit hawdd...'

Erbyn hyn, roedd Alys wedi dod yn nes at y ffôn ac yn **gwrando'n astud** ar y llais. Gwelais ei hwyneb yn mynd yn wyn.

Gwnes siâp ceg 'Be?'

Atebodd drwy wneud siâp ceg, ond heb ddweud y gair yn uchel.

---

malu cachu – *to talk bullshit*

gwrando'n astud – *to listen carefully*

'Steve.'

Cyn iddi gael cyfle i 'ddweud' mwy, roedd Steve yn cario mlaen.

'Mae 'na becyn. Yn nhŷ'r hen ddynas Harriet yna. Tŷ chdi. Yn y stafell fach yn y cefn.'

Stafell Moc! Am stafell Moc roedd o'n siarad!

'Pecyn? Pa becyn?'

'Yli, does uffar o ots i ti beth ydy'r pecyn, iawn? Fi pia fo, dyna'r cwbwl rwyt ti angen gwybod. A dw i isio fo'n ôl.'

'Ylwch, dw i ddim yn gwybod dim byd am…'

'Jyst ffendia fo. Yn y stafell gefn. Wna i ffonio'n ôl mewn awr, ocê? Awr. Dim mwy. Dallt?'

'Dallt.' atebais. 'Awr.'

'A paid deud gair wrth neb am hyn, iawn? Wrth neb. Iawn? Neu…'

'Iawn, dim gair wrth neb,' atebais, ac edrych ar wynebau Wil ac Alys yn edrych arna i.

'Tan hynny, bydd Ffion yn… cadw cwmni i mi, byddi, cyw?'

Ac yna clywais lais Ffion eto.

'Dad, plis gwna be mae o'n ddeud. Plis?'

Ac yna diffoddodd y ffôn a diflannodd Ffion eto.

Syllais ar y ffôn yn fy llaw. Ro'n i'n teimlo'n wag. Roedd ei llais hi'n swnio mor bryderus. Roedd arni gymaint o ofn. Edrychais ar Alys a Wil, oedd yn syllu arna i.

'Blacmel,' sibrydais. 'Blacmel!'

'Blydi Steve!' meddai Alys, a'i llygaid yn llenwi. 'Be ddiawl mae o'n feddwl mae o'n…'

'Tydy Steve erioed yn sownd yn y **miri** yma?' meddai Wil,

---

miri – *nonsense*

gan ysgwyd ei ben. 'Un gwirion oedd o erioed, ond feddylies i ddim fod o'n beryg chwaith…'

Torrais ar draws y ddau.

'Oes rhywun yn meindio dweud wrtha fi pwy ydy Steve, plis?' gofynnais. 'Fi ydy'r unig un sydd ddim yn gwybod, o be wela i!'

'Partnar Alys 'ma…' atebodd Wil, a thaflu cipolwg ar Alys.

'Cyn-bartner,' ychwanegodd Alys. 'Dw i ddim wedi ei weld o ers chwe mis, diolch i Dduw!'

Teimlais fy mol yn dechrau troi.

'Ond be ddiawl sy gynno fo i wneud efo Ffion? Pam mae o wedi ei **llusgo** hi i mewn i bethau? A be ddiawl oedd o'n **mwydro am** ryw becyn, wedi ei guddio yn…'

Stopiais. Cofiais wyneb Vogue pan ddaeth hi allan o stafell Moc, yn llawn esgusodion. 'Be dach chi'n neud?' roedd Moc wedi gofyn iddi. 'Be dach chi'n neud?'

Edrychais ar Alys, ac yna ar Wil. Roedd yn amlwg o'i wyneb ei fod o'n gwybod rhywbeth.

'Wil? Plis dwedwch wrtha i be ddiawl sy'n mynd ymlaen.'

'Rŵan, gwranda, Rob, mae gen i syniad go lew, ac mae'n rhaid i chdi fy nhrystio fi, iawn? A gwneud yn union be dw i'n ddeud.'

---

llusgo – *to drag*   **mwydro am** – *to babble on*

23

Mae awr weithiau yn llithro heibio heb i chi sylwi. Os dach chi'n brysur, dach chi'n edrych ar eich watsh, ac yn meddwl, 'Ew, lle aeth yr awr ddiwetha yna? Mae amser yn hedfan.'

Ac yna mae awr weithiau sy'n symud fel malwoden mewn **triog**. Awr felly oedd hon, wrth i ni'n dau aros i Steve ffonio'n ôl.

Mi wnaeth Alys fy mherswadio i gael paned o de efo dau siwgwr ynddo fo, tra oedd Wil yn diflannu i'w sied i 'nôl rhywbeth', gan adael Alys a fi i wynebu ein gilydd dros fwrdd cegin diarth.

'Sut foi ydy o? Y Steve yma?' gofynnais. 'Ydy o'n beryg, Alys?'

Wnaeth Alys ddim ateb yn syth, dim ond edrych i lawr ar ei the, a throi'r llwy yn araf, araf.

'Ffŵl,' atebodd o'r diwedd, ac edrych arna i. 'Ffŵl sy'n meddwl bod o'n fwy o foi nag ydy o. Ond ffŵl sydd wedi cael ei arwain i mewn i'r giang anghywir.'

'Rwyt ti'n gwneud iddo swnio fel hogyn ysgol.'

'Mae o'n debyg i hogyn ysgol! Isio profi ei hun. Isio medru bod yn rhan o giang yr hogia mawr.'

Distawrwydd.

'A hwn oedd dy bartner di,' meddwn i.

'Dim ond am ychydig fisoedd. Anghofies i ddeud, mae o'n *charmer*, ac yn medru troi pobol rownd ei fys bach. Wel, merched. Merched twp fel fi.'

'Merched twp fel Ffion.'

---

triog – *treacle*

Wnaeth Alys ddim ateb i ddechrau, dim ond dal i droi ei the.

'Ifanc ydy hi, Rob,' meddai o'r diwedd. 'Ac mae hi mor hawdd twyllo rhywun ar-lein, fel 'dan ni'n gwybod…'

'Oes gynno fo gar?'

'Be?'

'Oes gynno fo gar? Dw i'n meddwl fy mod i wedi gweld rhywun yn eistedd mewn car ac yn edrych ar y tŷ. Pan symudon ni yma gynta.'

A do'n i ddim wedi poeni ar y pryd. Yn poeni mwy am beidio bod yn hwyr i'r ysgol. Pam wnes i ddim meddwl mwy am y peth? Cyn i Alys gael cyfle i ateb, agorodd y drws cefn a daeth Wil yn ôl i mewn, yn crynu oherwydd yr oerfel. Roedd gynno fo fag cefn yn ei law.

'Ew, mae hi'n gafael heno. Mae'r gaeaf ar fin cyrraedd, bois!'

Pam mae hen bobol wastad yn siarad am y tywydd, meddyliais. Hyd yn oed Wil!

'Felly be dw i'n ddeud wrtho fo, Wil? Pan mae'n ffonio?'

'Dwed y gwnei di ei gyfarfod o wrth y maes parcio bach 'na yn Llyn Ysbrydion,' atebodd Wil. 'Y lle aethon ni y noson o'r blaen…'

'Ia, dw i'n cofio, Wil. Llyn Ysbrydion.'

Oedd yna erioed enw lle mwy arswydus?

'Ond beth am y pecyn?'

Cododd Wil y bag i fyny.

'Mae o yn fan'ma. Dyna'r cwbwl rwyt ti angen gwybod. Mi ddown ni â'r bag efo ni.'

'Ond be?'

'Paid ti â phoeni be sydd ynddo fo. Mae o yma gen i ers i Harriet fynd yn sâl. Mi es i draw i'w nôl o fy hun. Gwneud cymwynas i'r Trish 'na, dyna oedd hi'n neud, meddai hi.'

'I Vogue? Ond pam?'

'Dwn i ddim, Rob,' atebodd Wil. 'Ond do'n i ddim isio iddi hi gael ei thynnu i mewn i'r miri, a'i henw da yn cael ei lusgo drwy'r mwd.'

Yna canodd y ffôn, ac roedd enw Ffion ar y sgrin. Dechreuodd fy nghalon wneud y calypso. Edrychais ar Wil ac Alys, a nodiodd Wil. Atebais.

'Helô?'

'Dad, dw i...'

Cyn iddi gael cyfle i ddweud mwy, daeth Steve ar y ffôn.

'Ocê, ydy o gen ti? Wyt ti wedi bod i'r stafell i'w nôl o?'

'Do.'

'A dwyt ti ddim wedi deud gair wrth neb?'

'Wrth neb,' atebais, gan roi winc ar Alys a Wil oedd yn edrych fel dau bysgodyn aur o fy mlaen!

'Ocê, lle wyt ti isio cyfarfod?' meddai Steve. 'Dim maes parcio Tesco na nunlla fel'na, ocê? Rhywle yn bell o bob man.'

Roedd y boi yn amlwg wedi bod yn edrych ar ormod o ffilmiau trosedd ar y teledu.

'Llyn Ysbrydion,' atebais, gyda hyder, gan edrych ar Wil. Nodiodd hwnnw.

Distawrwydd.

'Ble?'

Damia! Doedd y lle yn golygu dim byd iddo fo! Be ddiawl...? Yna roedd Alys yn gwthio darn o bapur yn fy llaw i, a'r geiriau 'Spooky Lake' arno. Edrychais arni, a chododd ei hysgwyddau. Dim rŵan oedd yr amser i boeni am enwau Cymraeg yn diflannu o'r fro!

'Ym, Spooky Lake? Dyna mae rhai...'

'Spooky Lake! O, iawn! Gwybod lle mae fan'na! O'n i'n arfar…'

Yna newidiodd tôn ei lais, fel tasai'n cofio beth oedd y sefyllfa a pha rôl roedd o'n chwarae.

'Spooky Lake. Iawn. Chwarter wedi wyth. Spooky Lake. Fydda i a… hon yna. Ocê?'

'Iawn. Ga' i siarad eto efo Ffi…?'

Ond aeth y ffôn yn **fud** unwaith eto.

Edrychais ar Alys a Wil.

'Mae gynnon ni chwartar awr,' meddwn.

---

mud – *silent*

24

Ymhen dau funud roedd Wil, Alys a fi wedi gwasgu i mewn i Fiesta bach Alys ac yn gwibio ar hyd y lonydd **cul** tuag at Lyn Ysbrydion.

Ddywedodd neb air am ychydig, fel tasai pawb ar goll yn ei feddyliau ei hun. Roedd gen i gymaint o bethau yn gwibio drwy fy mhen: Alys yn bartner efo *charmer* oedd hefyd yn ffŵl, pam oedd pecyn Steve gan Wil, ond yn bennaf, faswn i'n medru gwneud hyn i gyd yn iawn a chael fy hogan fach yn ôl yn ddiogel yn fy mreichiau?

'Rŵan, mae'n rhaid i ti wrando ar be dw i'n ddeud wrthat ti am wneud, Rob,' meddai Wil.

Edrychais yn ôl arno o fy safle yn y sêt flaen. Roedd Wil yn fychan yn y sêt gefn, a'i het gerdded am ei ben, ond roedd ei lais yn llenwi'r car â hyder.

Wrth i ni nesáu at y llyn, plygodd Wil ymlaen a dweud,

'Tynna i mewn yn fan'ma, plis, Alys. Yn y lle bach yma ar ochr y ffordd. A dos reit at y **llwyn** yna yn y pen draw. A diffodda olau'r car wedyn.'

Mi wnaeth Alys yn union fel roedd Wil wedi dweud wrthi. Eisteddodd y tri ohonon ni yn y car a'r tywyllwch o'n cwmpas ni am eiliad, cyn i mi edrych ar y cloc ar y dashfwrdd.

'Mae hi bron yn amser.'

'Ydy,' atebodd Alys mewn llais isel.

Estynnodd Wil ymlaen eto, y tro yma efo'r bag cefn.

---

cul – *narrow*   **llwyn** – *shrub / bush*

'Dyma chdi. Hwn rwyt ti angen rhoi iddo fo.'

Nodiais a chymryd y bag. Roedd o'n teimlo'n drwm.

'Ond ydy'r pecyn…?'

'Paid ti â phoeni dim am y pecyn, 'machgen i. Dw i'n gwybod be dw i'n gwneud,' atebodd Wil.

'Pa mor bell dw i o'r maes parcio arall?'

'Tua tri munud o gerdded, dyna'r cwbwl. Mae'n well i ti fynd.'

'Iawn.'

Anadlais yn ddwfn eto.

'Well i ti gymryd hon,' meddai Alys, a rhoi tortsh yn fy llaw. 'Dw i ddim isio i chdi faglu yn y tywyllwch. Ar ben bob dim arall!'

Doedd ei hymdrech at hiwmor ddim yn argyhoeddi.

'Fyddwch chi'n aros yma?' gofynnais.

'Am y tro,' atebodd Wil yn enigmatig. 'Rŵan, dos, Rob.'

Roedd awyr oer y nos yn pigo croen fy wyneb wrth i mi gerdded yr ychydig fetrau tuag at Llyn Ysbrydion. Roedd hi'n noson fendigedig o braf, a'r sêr yn binnau bach gloyw yn yr awyr ddu.

Wrth i mi nesáu, a golau'r dortsh yn gylch o fy mlaen yn arwain y ffordd, clywais lais dyn yn y tywyllwch.

'Oi!'

Stopiais.

'Helô?' mentrais. 'Helô?'

'Dad!'

Llamodd fy nghalon wrth glywed llais Ffion yn torri ar draws y düwch.

---

llamu – *to jump*

'Ffion?'

'**Taw**! Cau dy geg. Tydy hi ddim yn amsar am *happy families* eto, dallt?'

Roedd gan y boi ffordd efo geiriau, meddyliais. Roedd o'n feistr ar fynegi ei hun!

'Ac rwyt ti ar ben dy hun, wyt?'

'Wrth gwrs,' atebais, gan feddwl lle ddiawl mae Wil ac Alys ar y funud? Ydyn nhw'n aros yn y car?

Cyn i mi gael cyfle i fflachio'r dortsh i'w cyfeiriad i fedru gweld Ffion, daeth gorchymyn.

'Diffodda'r dortsh yna rŵan! 'Dan ni'n gwneud hyn yn y tywyllwch neu ddim o gwbwl. Dallt?'

'Dallt,' atebais, a throi'r dortsh i ffwrdd.

'Ond dwyt ti ddim yn gweld rŵan chwaith!' meddai Ffion, ac roedd yna dinc bach o'r hen Ffion yn ei llais. Y Ffion sy'n rowlio'i llygaid a meddwl bod y byd yn stiwpid. Fy Ffion i.

Daeth **crawc** rhyw aderyn o rywle a gwibio ar draws wyneb y llyn cyn diflannu. Roedd hi'n hawdd gweld pam roedd y lle wedi cael yr enw Llyn Ysbrydion. Roedd yn bell iawn o bob man. Lle i'w **osgoi** ar noson oer ym mis Tachwedd, fel arfer, meddyliais.

'Iawn, ydy o gen ti?'

'Be? O… y… y pecyn, ydy.'

'Ocê. Dw i isio i chdi ei osod o ar y llawr, iawn? A wedyn dw i isio i chdi gamu yn ôl.'

'Faint?'

'Camu'n ôl faint?'

Roedd y cwestiwn yn amlwg yn un rhy gymhleth!

'Y… tua deg, naci, tua saith cam, iawn? Rhai mawr.'

---

taw – *be quiet (2nd person singular)*   **crawc** – *croak*

osgoi – *to avoid*

'Saith cam. Iawn,' atebais, gan feddwl – pam saith cam?

Gosodais y bag yn ofalus ar y llawr.

'Dw i'n ei osod i lawr rŵan, iawn? A dw i'n camu'n ôl, iawn? Un, dau…'

'A dim *monkey business,* dallt?'

'Dim *monkey business* o gwbwl!' atebais. 'Tri, pedwar, pump, chwech, saith.'

Distawrwydd.

'Wyt ti wedi mynd saith cam?'

'Do.'

'Saith cam mawr?'

'Ia.'

'Iawn, 'ta. Ty'd!' meddai, yn amlwg wrth Ffion.

'Aw! Iawn! Dw i'n dallt beth i wneud!' meddai hi **yn bigog.**

Nid dyma'r amser i fod yn rebel, Ffion, meddyliais. Plis, plis, jyst gwna fel mae o'n dweud. Clywais sŵn eu camau yn dod yn nes yn y tywyllwch. Yna clywais y bag yn siffrwd yn erbyn **cerrig mân** wrth iddo gael ei godi oddi ar y llawr.

'Be ddiawl? Bag! Ble ma'r pecyn?'

'T-tu mewn… Mae o t-tu…' dechreuais, a meddwl wedyn, beth os ydy Wil wedi anghofio rhoi'r pecyn i mewn yn y bag am ryw reswm? Beth os ydy'r pecyn wedi llithro allan o'r bag ac yn gorwedd ar lawr y car? Ond roedd y bag yn teimlo'n drwm! Beth os mai…?

Rhwygodd sŵn ar draws yr awyr: sŵn sip y bag yn agor.

Ac yna digwyddodd pob dim ar unwaith.

---

yn bigog – *irritably (lit. prickly)*

cerrig mân – *gravel (lit. small stones)*

25

Yr eiliad cafodd y sip ei agor, a'r sŵn yn uchel ar awyr y nos, digwyddodd pob dim yn sydyn.

Daeth fflach o tu ôl i lle ro'n i'n dychmygu roedd y ddau yn sefyll, crac uchel a fflach amryliw yn saethu tuag at y nen. Tân gwyllt?

'Be uffar?'

Yna'r eiliad honno, clywais sŵn traed yn rhuthro ymlaen o'r tu ôl i mi i gyfeiriad y ddau. Llwyddais i roi'r dortsh ymlaen mewn pryd i weld Wil yn llamu i gyfeiriad Steve, a'i **lorio** mewn tacl fasai unrhyw un o garfan rygbi Cymru yn falch ohoni.

'Waaaa! Pwy ddiawl?'

Clywais sŵn traed yn rhuthro tuag ata i, ac ymhen eiliadau roedd Ffion yn fy ymyl ac yn gwasgu ei breichiau o fy nghwmpas i, ei phen yn pwyso yn drwm yn erbyn fy mrest i.

'Dad! Dad, ti'n ocê?'

'O, Ffion!' oedd yr unig eiriau ro'n i'n medru dweud, gan ei thynnu yn nes ata i. 'O, Ffion fach!'

Yn y cyfamser, roedd y **sgarmes** yn dal i fynd ymlaen. Anelais olau'r dortsh i gyfeiriad y ddau, ac roedd yn amlwg mai Wil oedd â'r llaw uchaf. Roedd o'n gafael yn rhyw foi digon tenau yr olwg, ac yn plygu ei fraich y tu ôl i'w gefn. Roedd hwnnw'n gwingo mewn poen.

'Aw! Aw! Dach chi'n brifo!' meddai.

'Ffŵl gwirion wyt ti, Steve, a ffŵl fuest ti erioed!'

---

llorio – *to floor*   **sgarmes** – *scuffle*

'Dim… dim syniad fi oedd o, dim bai fi…'

'Taw! Dw i ddim isio clywad dy **rwdlan** di. Gei di ddigon o amsar i ddeud dy stori wrth **y Glas** pan ddôn nhw,' meddai Wil, a fedrwn i ddim peidio teimlo bod Wil hefyd wedi bod yn sbio ar ormod o ffilmiau!

'Waw!' meddai Ffion wrth fy ymyl. 'Mae Yncl Wil yn *class*!'

'Wna i ffonio'r heddlu rŵan…' decheuais.

'Dw i wedi eu ffonio nhw'n barod,' meddai llais y tu ôl i mi.

Alys! Ro'n i wedi anghofio amdani hi! Camodd ymlaen, a chymryd fy nhortsh a'i hanelu yn syth i wyneb Steve. **Gwingodd** hwnnw, a gweiddi,

'Wyt ti'n gall, dywad? Stopia, wnei di, Alys? Tydy hyn ddim byd i wneud efo chdi, yli!'

'Dyna lle wyt ti'n rong, Steve. Mae gan hyn bob dim i wneud efo fi.'

Fedrwn i ddim peidio teimlo'n gynnes tu mewn pan glywais i'r geiriau hynny gan Alys. Doedd dim dwywaith beth oedd hi'n feddwl. Ond nid dyma'r lle na'r amser i fod yn rhamantus.

Y funud nesa, roedd Steve yn eistedd ar y llawr, a'i ddwylo wedi eu clymu tu ôl i'w gefn.

'Dwyt ti byth yn gwybod pryd daw rhyw damaid o raff yn handi, sti! Cofia di hynny, Rob,' meddai Wil. Roedd o'n gwenu o glust i glust.

'Gobeithio cha i byth wybod!' atebais. Ro'n i'n hapus i adael y gwaith **arwrol** i rywun arall.

'Beth oedd y pecyn, Wil? Be oedd mor bwysig i hwn? Dach chi'n gwybod, tydach?'

---

rwdlan – *nonsense*	**Y Glas** – *the police*
gwingo – *to cringe*	**arwrol** – *heroic*

'Gwn. Gwn roedd boio yn fan'cw wedi addo ei gadw'n saff i'w fêts, debyg iawn. A'i guddio yn nhŷ Harriet druan, dyna i chdi ofnadwy! Twyllo dynas ddiniwed!'

'Hoi! Mi wnaeth yr hen ledi gytuno, iawn? Wnaeth hi gytuno...' dechreuodd Steve, yn ffigwr pathetig ar y llawr.

'Taw! Ei thwyllo hi wnaethoch chi. Chdi a Trish,' brathodd Wil yn ôl. 'Doedd gan Harriet ddim syniad be oedd hi'n guddio drostach chi!'

'Ond sut oedd o gynnoch chi, Wil?' gofynnodd Alys.

'Mi es i yno pan oedd Harriet yn wael iawn. Mi soniodd ei bod hi'n cadw rhywbeth yn saff i'r Trish 'na, ac mi ro'n i'n amau nad cracyrs Dolig oeddan nhw!'

Vogue! Am y gwn roedd hi'n chwilio yn stafell Moc, felly, mae'n siŵr. Roedd y darnau yn dechrau syrthio i'w lle. Doedd dim rhyfedd ei bod hi'n edrych yn **euog** pan ddaliais hi yn stafell Moc!

'Yr unig beth oedd...' dechreuodd Wil, a rhyw wên bryfoclyd ar ei wefusau, gan roi'r bag ar y llawr a dechrau agor y sip.

'Be dach chi'n neud, Wil? Cadwch y gwn yna o'r golwg, wir, mae damweiniau yn medru digwydd!'

Ond chymerodd Wil ddim sylw o gwbwl ohona i, dim ond **ymbalfalu** yn y bag a thynnu rhywbeth allan, wedi ei lapio mewn papur newydd.

'Wil!' dechreuodd Alys.

'Ylwch plis...' medda fi.

Ond gwenu wnaeth Wil drwy fynd ati i dynnu'r papur newydd. Daliodd rywbeth i fyny i'r awyr, fel tasai mewn ffilm.

'Be ydy hwnna? **Bricsan**?' Ffion ofynnodd y cwestiwn.

---

euog – *guilty*   **ymbalfalu** – *to fumble*

bricsan / bricsen – *brick*

'Ia, dyna chdi, Ffion fach. Bricsan!'

Mi wnaeth Steve rhyw sŵn a rhegi'n uchel.

'Mi wnes i feddwl taflu'r gwn yn ddigon pell i Lyn Ysbrydion, allan o ffordd pawb! Ond wedyn, mae o'n dystiolaeth, tydy? Dw i wedi ei gadw fo'n saff i'r heddlu, yli. Wneith o byth **niwed** i neb erbyn hyn!'

Safodd pawb yn ddistaw am funud.

'Ond beth am y tân gwyllt yn fan'na **gynnau**?' gofynnodd Ffion wedyn, a'i llygaid yn sgleinio. 'Chdi oedd tu ôl i hynna, Dad?'

Cyn i mi fedru ateb, clywais sŵn car yn cychwyn ac yn symud yn araf heibio i'r criw ar hyd y ffordd. Daeth y car bron iawn i stop, dim ond am eiliad neu ddau, ond yn ddigon hir i mi fedru nabod y person oedd yn gyrru. Doedd hi ddim yn anodd. Doedd neb arall yn gwisgo yn union fel model *Vogue*...

'Welest ti hynna?' gofynnodd Alys.

'Do.'

'Hi daniodd y tân gwyllt?' gofynnodd Ffion.

'Ia, dw i'n meddwl,' atebodd Alys.

'Ond... '

'**Cydwybod** euog,' atebodd Alys. 'Dw i wedi amau bod Steve a hi'n dipyn o ffrindia ers tro.'

Cyn i neb fedru siarad mwy, torrodd sŵn seiren ar draws tawelwch y dyffryn, a'r golau glas yn llachar yn erbyn y tywyllwch.

Doedd Llyn Ysbrydion erioed wedi gweld cymaint o fywyd.

---

niwed – *harm*   **gynnau** – *before*
cydwybod – *conscience*

26

NOS GALAN

'Plis gawn ni ddechra bwyta, Rob? Dw i isio bwyd yn fwy na... na... rhywun sydd ddim wedi cael bwyd ers blynyyyyyyddoedd!'

'Paid â bod mor ddramatig, Moc!' atebodd Ffion, gan rowlio ei llygaid. 'Weles i chdi'n bwyta banana gynna!'

Edrychodd Alys a fi ar ein gilydd, a gwenu.

'Ti'n licio bwyd Cant on the knees hefyd, Joe?' gofynnodd Moc wedyn, yn anhapus i symud oddi ar y pwnc bwyd.

'Be?'

Edrychodd Joe yn syn ar Moc, yn amlwg ddim yn deall gair!

'Cantonese, mae o'n feddwl!' esboniodd Ffion, gyda gwên. 'Rhaid i chdi ddechra arfer efo ffordd sbesial Moc o siarad, bydd Dad?'

'Cant on the knees ddeudes i!' protestiodd Moc, a chrychu ei drwyn nes oedd ei sbectol yn sgi-wiff.

Chwarddodd pawb.

Teimlais law Alys yn cropian tuag at fy nghoes o dan y bwrdd. Gwasgodd y goes yn gariadus. Roedd ei llaw yn gynnes. Edrychais i'w llygaid, a meddwl pa mor ofnadwy o normal oedd hyn i gyd yn teimlo, fel tasen ni wedi troi'r cloc yn ôl ddeunaw mlynedd.

Yna, daeth cnoc ar y drws ac agorodd y drws ffrynt.

'Oes 'na bobol?'

Camodd Wil i mewn, yn edrych yn ysblennydd yn ei lycra! Tynnodd ei helmed, a'i gosod ar y llawr wrth ymyl y drws.

'Ew, mae 'na ogla da yma – dw i wrth fy modd efo Cantonese!'

'Hwrê! Gawn ni ddechra bwyta rŵan plis?' gofynnodd Moc, gan lyfu ei wefusau.

'Cawn, siŵr! Rŵan bod y VIP wedi cyrraedd!' atebais a chodi at y popty. Roedd y bwyd tecawê o'r bwyty yn y dre wedi bod yn cynhesu ers dros hanner awr erbyn hyn, ar wres isel.

'Sori, dw i ddim wedi cael cyfle i ddŵad â photel o ddim byd ar gyfer y swper, chwaith. Tydy hi ddim yn hawdd cario peth felly ar gefn beic!'

'Sdim isio i chi ymddiheuro o gwbwl, Wil,' atebodd Alys, wrth iddi godi ac agor y cwpwrdd i nôl y platiau.

'Mae gan Rob a fi ddigon o boteli gwin yma, does, Rob?'

'Oes, wir! Steddwch, Wil, dach chi'n gwneud y lle'n flêr! Fydd bwyd ddim yn hir.'

Eisteddodd Wil yn ufudd wrth ymyl Moc. Dechreuais osod y cyllyll a'r ffyrc ar y bwrdd.

'Yncl Wil?' gofynnodd Moc, gan afael yn ei gyllell a fforc ar y bwrdd a'u dal yn pwyntio at i fyny. Edrychai fel hogyn mewn hysbyseb.

'Dach chi'n gwybod pob dim, tydach?'

'Wel, dwn i ddim am hynny, 'ngwash i… '

'Wel, ydach chi yn gwybod hyn: ydy pryfaid cop ofn y nos? Dw i'n poeni dipyn bach am Mostyn.'

'Mae Mostyn yn iawn, sti, mae o wedi arfer,' atebodd Wil, ac edrych yn gall ar Moc. 'Roedd dy Anti Harriet yn ffrindia efo fo hefyd.'

'Oedd?'

'Oedd, tad. A doedd Mostyn yn poeni dim am y tywyllwch, medda hi. Dw i'n siŵr ei bod hi wedi sôn rhyw dro, sti.'

Gwenodd Moc fel giât. Roedd o wedi ffeindio ffrind newydd oedd yn barod i ateb pob dim.

'Ac Yncl Wil?'

'Ia, 'ngwash i?'

'Pam 'dan ni'n cael Nos Callum?' gofynnodd Moc, a'i lygaid yn crwydro at y popty.

Edrychodd pawb ar Moc am foment, yn methu deall.

'Be?' gofynnodd ei chwaer yn ddiamynedd.

'Gynnon ni Callum yn dosbarth ni. Pam mae o'n cael noson iddo fo'i hun?'

Edrychodd Ffion ar Joe ac ysgwyd ei phen. Chwerthin wnaeth o.

'Nos Galan ydy hi, Moc,' meddai Alys yn amyneddgar. ''Dan ni'n dweud ta-ta wrth yr hen flwyddyn, ac yn dweud helô wrth y flwyddyn newydd. 'Dan ni'n dathlu dechrau newydd mewn ffordd. Tydan, Rob?'

Edrychodd Alys i fyw fy llygaid a rhoi hwb i fy nhroed efo'i throed hithau. Ro'n i'n dallt. Roedd yr amser wedi dod.

'Ym... o, ia... a deud y gwir, 'dan ni isio dathlu rhywbeth arall heno, tydan, Alys?'

'Cant on the knees?'

'Wel, naci. Gwell na hynny, hyd yn oed, Moc.'

Erbyn hyn roedd pawb yn edrych arnon ni yn ddisgwylgar, a wyneb y mab yn methu deall sut allai dim byd fod yn well na'i hoff fwyd, Cant on the Knees.

'Wel? Wyt ti'n mynd i ddeud 'ta be?' meddai Ffion, yn dechrau colli amynedd eto. 'Neu bydd y flwyddyn newydd wedi cyrraedd!'

'Wel,' atebais, 'mae Alys a finna'n mynd i briodi.'
Distawrwydd.

'Tydan, Alys?' Roedd fy nghalon yn curo eto. Am eiliad, meddyliais, be os ydy hi wedi ailfeddwl? Be os ydy hi... Edrychais i fyw ei llygaid.

'Ydan,' meddai Alys a gwenu'n fendigedig arna i. 'Ydan, mi ydan ni!'

Syllodd pawb arnon ni. Aeth y larwm i ffwrdd ar y popty i ddangos bod y bwyd yn barod. Ac yna dyma rhywun yn clapio, rhywun arall yn gweiddi hwrê, ac mi dyfodd yr hwrê hwnnw fel tân braf o gwmpas y gegin, a'n **cofleidio** ni, pob un ohonon ni.

cofleidio – *to hug*

Y DIWEDD

Cafodd Steve ei roi **ar fechnïaeth**, wedi ei gyhuddo o **wyrdroi cwrs cyfiawnder**. Roedd yr Achos Llys yn y flwyddyn newydd. Arestiwyd ei gyfeillion drwg a'u cadw yn y ddalfa, i aros am eu Hachos Llys yn y gwanwyn. Roedd yr heddlu wedi bod yn chwilio amdanyn nhw ers tro, am restr hir o **droseddau**.

Doedd yna erioed digon o dystiolaeth i gysylltu Vogue efo unrhyw beth, er ei bod yn amlwg mai hi drefnodd i guddio'r pecyn yn nhŷ Harriet. Ymddiswyddodd o'i safle fel Cadeirydd y Gymdeithas Rhieni Athrawon, ac er bod Teilo Sant yn dal i fynd i'r ysgol, anamal iawn oedd Vogue i'w gweld yn loetran efo'r rhieni eraill tu allan i'r giât.

Roedd hi i'w gweld weithiau yn hedfan fel aderyn prin i lawr y lôn, gan ddiflannu yn ei phlu amryliw i mewn i'r car.

---

ar fechnïaeth – *on bail*
gwyrdroi cwrs cyfiawnder – *to pervert the course of justice*
trosedd(au) – *crime(s)*

Geirfa

anghyfleus – *inconvenient*
amryliw – *multicoloured*
ar ei (h)anterth – *at its pinnacle*
ar fechnïaeth – *on bail*
ar fin – *about to (do something)*
ar fy nghwrcwd – *in a squatting posture*
ar fy liwt fy hun – *freelance*
ar gyfyl y lle – *near the place*
arwain at – *to lead to*
arwrol – *heroic*

be ddiawl? – *what on earth?*
braslun – *sketch*
brensiach! – *good gracious!*
bricsan / bricsen – *brick*
briw – *wound*
byd o les – *the world of good*
byw a bod – *idiom. always*

cacwn – *bee*
cael braw – *to be scared*
camddarllen – *to misread*
canu grwndi – *to purr*
carreg ateb – *echo stone*
celwydd noeth – *barefaced lie*
cena bach – *little rascal*
cerrig mân – *gravel (lit. small stones)*
clais – *bruise*
clecian – *to crackle*
clipfwrdd – *clipboard*
clwmp (clympiau) – *clump(s)*
coelcerth – *bonfire*
cofleidio – *to hug*

crawc – *croak*
crefyddol – *religious*
crychu'r aeliau – *to knit one's brows*
cudyn – *lock (of hair)*
cul – *narrow*
cwch gwenyn – *beehive*
cydwybod – *conscience*
cydymdeimlad – *sympathy*
cyfiawnhau – *to justify*
cyffredinoli – *to generalize*
Cymdeithas Rhieni ac Athrawon – *Parent Teacher Association*
cymryd yr awenau – *to take charge (lit. to take the reins)*
cyrlen – *small curl*
cyrn clustiau – *headphones*

chwalu – *to shatter*
chwifio – *to wave*

dadbacio – *to unpack*
dadebru – *to come to oneself*
dagreuol – *tearful*
dashfwrdd – *dashboard*
didaro – *unconcerned*
dirmygus – *scornful*
dros fy mhen a 'nghlustiau – *head over heels*
Duw a ŵyr – *God knows*
dw i'm (dw i ddim) – *I'm not*
dwn i'm (dw i ddim yn gwybod) – *I don't know*
dylunydd graffeg – *graphic designer*
dylyfu gên – *to yawn*

ddudais i (dwedais i / mi wnes i ddweud) – *I said*

edmygu – *to admire*
efo'r fath frwdfrydedd – *with so much enthusiasm*
esgus – *to pretend*
etifeddu – *to inherit*
euog – *guilty*

fel lladd nadroedd – *at full speed (lit. like killing snakes)*
fy mhen yn fy mhlu – *depressed / crestfallen (lit. my head in my feathers)*

fflamgoch – *flame-red*

gohirio – *to postpone*
gollwng – *to drop*
goriad (allwedd) – *key*
gorliwio – *to exaggerate (lit. to over-colour)*
gwagio – *to empty*
gwenu fel giât – *to smile like a gate (like a Cheshire cat)*
gwingo – *to cringe*
gwneud y tro – *to make do (with something)*
gwrando'n astud – *to listen carefully*
gwyrdroi cwrs cyfiawnder – *to pervert the course of justice*
gynnau – *before*
gyrru ymlaen – *to get on (lit. to drive on)*

hambwrdd – *tray*
hawdd cynnau tân ar hen aelwyd – *idiom: to rekindle the flames*

helynt – *trouble, fuss*
hen ast – *old bitch*
hen gnawes – *old vixen (a disrespectful term)*

igam ogam – *crooked*
igian crio – *to sob convulsively*

lembo – *idiot*

llamu – *to jump*
lled y pen – *wide open*
llewes – *lioness*
llinyn trôns – *wimp*
llithro – *to slip / slide*
llorio – *to floor*
llusgo – *to drag*
llwyn – *shrub / bush*

madfall – *lizard*
malu cachu – *to talk bullshit*
marian – *the green*
matsien – *match*
miri – *nonsense*
mopio – *to dote on something / someone*
mwydro am – *to babble on*
mud – *silent*
mynd at wraidd y peth – *to get to the root of it*
mynd dan groen – *to go under someone's skin*
mynd o'i le – *to go wrong*

niwed – *harm*
nodwedd – *trait*
nunlle – *nowhere*
nwyddau – *goods*
nyth brân – *untidy (lit. crow's nest)*

o fri – *renowned*
o'i chorun i'w sawdl – *from head to toe*
osgoi – *to avoid*

pawb at y peth y bo – *each to his own*
pêl-fas – *baseball*
piffian chwerthin – *to snigger*
pistyllio – *to spurt*
pob un wan Jac – *every Jack (every Tom, Dick and Harry)*
popa / popo – *wound (child's talk)*
prae – *prey*

rargian – *good gracious!*
reit handi – *quickly (when used with a verb)*
rwdlan – *nonsense*

rhech – *fart*

saib – *pause*
sarff – *serpent*
sgarmes – *scuffle*
sgrechlyd – *screaming (adjective)*
sgwario – *to square up*
siarad fel melin bupur – *to talk a lot (lit. like a peppermill)*

siriol – *cheerful*
styfnig – *stubborn*
swatio – *to snuggle*

taw – *be quiet (2nd person singular)*
teimlo petha i'r byw – *to feel deeply*
tinc buddugoliaethus – *victorious undertone*
triog – *treacle*
tro ar fyd – *reversal of fortune*
troi ar ei sawdl – *to turn on his / her heels*
trosedd(au) – *crime(s)*
tymer – *temper*
tywallt / arllwys – *to pour*

wastad – *always*

Y Glas – *the police*
yma a thraw – *here and there*
ymhen hir a hwyr – *eventually*
yn bigog – *irritably (lit. prickly)*
yn fodlon ei fyd – *contented*
yn glyd – *comfortably*
ymbalfalu – *to fumble*
ysbryd(ion) – *ghost(s)*
ysgariad – *divorce*

Hefyd yn y gyfres:

Cawl
A STRAEON ERAILL

Sarah Reynolds · Mared Lewis · Mihangel Morgan
Lleucu Roberts · Ifan Morgan Jones · Euron Griffith
Cefin Roberts · Dana Edwards

£5.99

LLWYBRAU CUL

Mared Lewis

£8.99

Ffenest
a straeon eraill i ddysgwyr

Samsara
SONIA EDWARDS

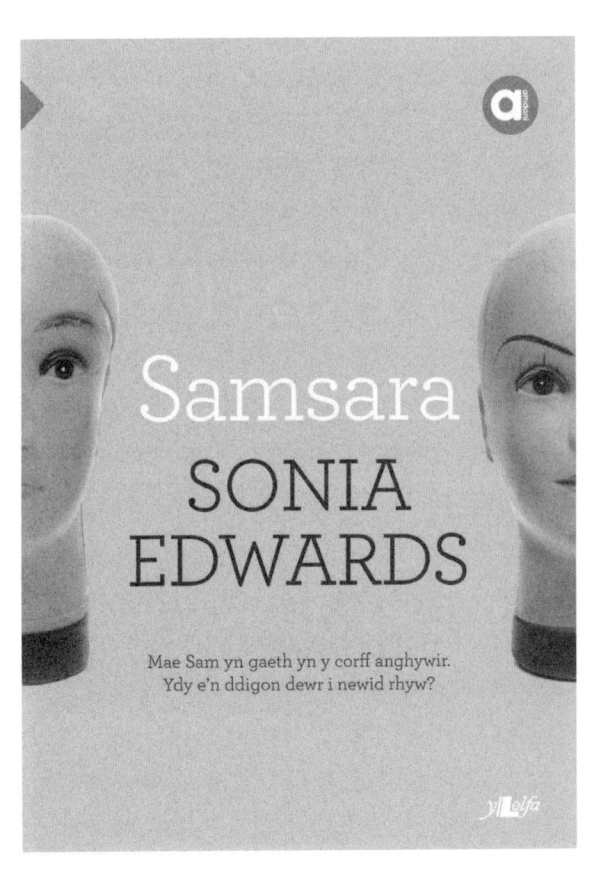

Mae Sam yn gaeth yn y corff anghywir.
Ydy e'n ddigon dewr i newid rhyw?

£4.99

Y Stryd

HELEN NAYLOR

Addasiad Mared Lewis

£6.99

£6.99

BETHAN GWANAS

Blodwen Jones a'r Aderyn Prin

£6.99

BETHAN GWANAS

Tri Chynnig i Blodwen Jones

£6.99

BETHAN GWANAS

Bywyd **Blodwen Jones**

£6.99

Hefyd gan Mared Lewis:

FI, A MR HUWS

Mared Lewis

Nofel addas ar gyfer dysgwyr.

y olfa

£7.99

Holwch am bris argraffu!
www.ylolfa.com